DIARIO ÍNTIMO

ANNE OLIVER

HARLEQUIN™

Editado por HARLEQUIN IBÉRICA, S.A.
Núñez de Balboa, 56
28001 Madrid

© 2011 Anne Oliver
© 2015 Harlequin Ibérica, S.A.
Diario íntimo, n.º 2027 - 4.3.15
Título original: Her Not-So-Secret Diary
Publicada originalmente por Mills & Boon®, Ltd., Londres.

I.S.B.N.: 978-84-687-5656-1
Depósito legal: M-34151-2014
Editor responsable: Luis Pugni
Impresión en CPI (Barcelona)
Fecha impresion para Argentina: 31.8.15
Distribuidor exclusivo para España: LOGISTA
Distribuidor para México: CODIPLYRSA
Distribuidores para Argentina: Interior, DGP, S.A. Alvarado 2118.
Cap. Fed./Buenos Aires y Gran Buenos Aires, VACCARO HNOS.

Capítulo Uno

Ah, las cosas que podía hacer aquel hombre. Era el amante más creativo que había tenido nunca. Había disfrutado con algunos, pero aquel era increíble. Sophie Buchanan saboreó las moras con nata que él le ponía entre los labios.

Las sábanas de seda eran frescas y suaves, el sitio perfecto para recibir su duro y ardiente peso mientras se arqueaba hacia él, queriendo más, queriéndolo todo. Y se lo dijo. En detalle.

Luego suspiró mientras él cumplía sus deseos, empezando por el lóbulo de su oreja y siguiendo hacia abajo.

Su boca era calida, húmeda y perversa. Hacía que se le pusiera la piel de gallina desde el cuero cabelludo hasta la punta de los pies y todos los trémulos lugares entre un punto y otro mientras pellizcaba sus sensibles pezones con un pulgar áspero hasta que… oh, estaba en el cielo.

–Hay más –le prometió, con voz ronca.

Sophie emitió un murmullo de aprobación, absorbiendo su aroma y el tacto de su piel mientras él continuaba su jornada erótica con las manos.

Le deslizó los dedos lentamente por la espina dorsal, tocando cada vértebra, apretando los duros músculos. La recompensa fue un gemido ronco que le acarició el oído, diciéndole que estaba disfrutando tanto como ella.

Él seguía tocándola por todas partes, sus dedos buscaban, encontraban y satisfacían todos sus lugares secretos. La experiencia no tenía límites, y parecía que su único deseo era darle placer. Y se lo daba, en todos los sentidos.

Jared… el nombre era como una cinta de seda moviéndose bajo una brisa tropical.

Él sonrió, trazando sus labios primero con un dedo, luego con la punta de la lengua. Y ella sonrió también antes de disfrutar del más suntuoso de los besos. Sabía rico, oscuro, como las moras con nata que habían compartido, y ligeramente peligroso. Pero no importaba, porque sabía que estaba a salvo con él.

Sí, era perfecto.

Le abrió las piernas y se deslizó en su interior con agonizante y exquisita lentitud. Era como si el mundo se hubiese detenido.

Y entonces escuchó un gemido de placer. Parecía que hubiese salido de la garganta de otra persona y abrió los ojos, la oscuridad tomó vida mientras el orgasmo la hacía volar. Sophie se quedó un momento escuchando el sonido de su respiración mientras su cuerpo bajaba lentamente a la tierra.

Y a la realidad.

Cuando se llevó un dedo a los temblorosos labios se dio cuenta de que estaba sonriendo.

Al otro lado de la ventana veía el cielo de color índigo con puntitos plateados.

4

Un sueño.

Y el mejor orgasmo que había tenido nunca.

El efecto aún no había pasado del todo, y casi podía jurar que seguía sintiendo el peso de su cuerpo sobre ella.

Como amante imaginario, él era uno de cinco estrellas. Una pena. ¿Por qué no había hombres así en el mundo real?

Sophie movió la cabeza, apoyando la cara en el cojín. Daría igual que hubiese un millón de hombres así llamando a su puerta, ella no estaba interesada. No necesitaba, ni quería, a un hombre de verdad en su vida otra vez. Después de Glen no. Glen había destruido lo que hubo entre ellos y la había dejado sintiéndose menos que una mujer. Sus amantes imaginarios eran perfectos, cumplían todos tus deseos y no la defraudaban nunca.

Además, y lo mejor de todo, eran seguros.

El ordenador portátil estaba sobre la mesa, Sophie encendió la lámpara para poner por escrito cada glorioso detalle antes de que se esfumase.

Aunque ya no acudía a las sesiones de terapia, seguía llevando el diario de sueños, de modo que se colocó el ordenador en las rodillas.

Su nombre es Jared, un amante extraordinario que puede quemar mis sábanas cuando quiera...

Las palabras volaban por la pantalla, emocionándola de nuevo. Sophie volvió a leer lo que había escrito y se puso colorada. Era como leer una de esas ardientes novelas románticas.

¿Qué diría su sicólogo?

Sophie se detuvo. ¿Jared?

El corazón le dio un vuelco. Ella no conocía a nadie con ese nombre, a menos que contase Jared Sanderson, y no podía ser él. ¿Cómo iba a gustarle un hombre al que no conocía y jamás había visto de cerca? Jared era el jefe de su amiga Pam, que estaba de baja por enfermedad. Sophie estaba ocupando su puesto temporalmente, y eso lo convertiría en su jefe durante un par de días.

Sintió que el vello de la nuca se le erizaba. Recordó el cabello negro, corto, y la inmaculada camisa blanca sobre unos hombros anchos cuando llegó a la oficina de Inversiones J. Sanderson esa mañana.

Pero intentó apartar de sí esa imagen. Jared Sanderson estaba muy ocupado o sencillamente era un grosero que no se había molestado en saludar a su humilde empleada temporal. Había pasado por allí un momento y después se había ido sin decir una palabra.

No era él, se dijo. El nombre se había quedado en su cabeza, nada más. Por no hablar de su físico.

A ella siempre le habían atraído los hombres altos y morenos y si le había gustado por algo en especial y su subconsciente lo había manifestado en el sueño daba igual, porque él nunca lo sabría.

De modo que no era un problema. No iba a dejar que aquel amante imaginario erosionase la competente imagen profesional que tanto le había costado crear. Había ido a Surfers para cerrar viejas heridas, para empezar una nueva vida.

Eso le recordó que aún no había enviado el informe que Pam le había pedido que revisase. De modo que abrió el correo, escribió la dirección de Jared Sanderson y empezó a escribir una nota: «Querido Jared».

Pero enseguida se detuvo. Escribir esas palabras le recordaba el sueño y se abanicó con la mano, sonriendo a su pesar. Borró esa frase y volvió a escribir: «Estimado señor Sanderson». Sí, mucho mejor.

Adjunto envío informe de Lygon y Asociados para su aprobación.
Saludos,
Sophie Buchanan, en el puesto de Pam Albright.

Después de adjuntar el documento revisado, pulsó el botón de enviar, cerró el ordenador y se dirigió a su dormitorio. Tal vez volvería a tener suerte...

Apenas había cerrado los ojos cuando la asaltó una duda. Pero no podía ser... no, no, imposible.

Se levantó de un salto y corrió al salón para encender el ordenador. Los dedos le temblaban, impacientes, mientras el maldito aparato se tomaba su tiempo.

Cuando abrió la carpeta de correos enviados, Sophie se quedó sin aliento. Su sueño erótico estaba en ese mismo instante esperando la aprobación de Jared Sanderson. Había enviado ese documento en lugar del informe.

Se le escapó una risita histérica.

¿Tendría sentido del humor Jared Sanderson? Según Pam, ninguno. Y aunque viese el humor en la situación, lo que había escrito era tan...

Nunca volvería a poner sus sueños por escrito.

Dejando escapar un gemido, echó la cabeza hacia atrás, y lo único que veía era la expresión de Jared Sanderson cuando abriese el correo.

Era tío. Jared entró en el salón de su casa poco después de la diez, con dos copas y una botella de su mejor chardonnay.

Tenía una sobrina, Arabella Fleur. Monísima, con el pelo oscuro, ojos enormes y boquita de piñón. No podía dejar de sonreír.

Su hermana menor, Melissa, ya estaba en casa, porque podía oír el ruido de la ducha. Dejó la botella y las dos copas sobre la mesa de café, se sentó en el sofá y empezó a comprobar los mensajes y correos desde el móvil.

Sophie Buchanan.

El nombre no le resultaba familiar... Entonces recordó que Pam se había ido a casa enferma el día anterior, de modo que debía ser su sustituta. La llamada de Crystal esa mañana para decirle que estaba de parto antes de lo previsto y que el vuelo de Ian desde Sídney se había retrasado hizo que olvidase todo lo demás. Sophie debía ser la persona que ocupaba el sitio de Pam hasta que volviese a la oficina.

–¿Liss? –gritó cuando oyó ruido en el pasillo–. Ven aquí, tenemos algo que celebrar.

Cuando Melissa apareció en el salón envuelta en un albornoz ya había abierto la botella y estaba sirviendo el vino en las copas.

Ella sonrió, levantando su copa.

–Bienvenida al mundo, Arabella Fleur –dijo, antes de tomar un sorbo–. Tiene tus orejas, bonitas y pegadas al cráneo.

Jared saboreó el vino, encantado con la idea de que una diminuta parte de él fuese inmortal.

–¿Tú crees?

–Desde luego. Y este vino es estupendo –su hermana tomó un largo trago y arqueó una ceja–. Pero yo prefiero la variedad francesa.

Jared la estudió, pensativo. La muerte de su padre los había dejado huérfanos a los tres. Entonces, él tenía dieciocho años; Crystal trece y Melissa, que no había conocido a su madre porque murió cuando ella tenía dos semanas, solo seis. ¿Cuándo esa niña se había convertido en aquella mujer sofisticada?

–Se supone que no deberías notar la diferencia.

–Por favor, tengo casi dieciocho años –replicó su hermana, ofendida–. No te pongas en plan padre.

Esa acusación le borró la sonrisa de los labios. Doce años antes, Jared había tenido que aceptar la responsabilidad de ser padre y madre para sus hermanas, y no lo lamentaba ni por un momento, pero a veces…

–Tal vez tengas razón –admitió–. Pero no voy a disculparme por ello. Te quiero y eso no va a cambiar nunca.

–Lo sé –asintió su hermana, sacudiendo la cabeza–. Pero a veces…

Criar a Lissa había sido la experiencia más difícil de su vida, y Jared tenía la sensación de que lo más difícil estaba aún por llegar: la despedida.

–Hablando de padres y niños –su hermana le clavó una intensa mirada–. ¿Cuándo vas a encontrar a una pobre chica que esté dispuesta a soportarte y formar una familia?

«Y dejarme vivir mi vida», le decía con los ojos.

Para evitar la eterna conversación, Jared tomó el móvil y siguió leyendo mensajes.

–No hay ninguna prisa. Aún eres muy joven y tengo que cuidar de ti.

Lissa soltó un bufido.

–Tenías mi edad cuando papá murió. ¿Cuándo se te va a meter en la cabeza que soy una adulta y…?

–No serás mayor de edad hasta dentro de tres semanas.

–Y otra cosa –siguió Melissa, como si no lo hubiese oído– he estado pensando…

¿Qué demonios? Jared parpadeó mientras leía un correo, olvidando las protestas de su hermana.

Su nombre es Jared, un amante extraordinario que puede quemar mis sábanas cuando quiera…

–¿Ocurre algo?

–¿Qué? –Jared apartó los ojos del móvil un momento para mirar a Melissa–. No es nada –dijo luego. Nada que quisiera compartir con su hermana pequeña, que siempre lo criticaba por ser demasiado conservador.

Mi tanga de piel de serpiente se derretía bajo el calor de sus manos, y cuando separó mis muslos...

«Guau».

Jared tomó un largo trago de vino, pero el líquido no consiguió calmarle.

–¿Malas noticias?

–No exactamente... –dijo Jared.

–Como te decía, he estado pensando y...

–Lo siento, Liss, voy a tener que solucionar un pequeño problema –la interrumpió Jared–. Hablaremos más tarde, ¿de acuerdo?

Se dirigió al estudio y encendió el ordenador, martilleando con los dedos sobre el escritorio mientras esperaba. El archivo adjunto tenía la fecha de aquel mismo día, y ninguna referencia a Lygon.

Cuando lo abrió, en la pantalla apareció un texto sobre fondo rosa. Salvaje, erótico. Jared tuvo que esbozar una sonrisa. Cuanto más leía, más ardiente se volvía el texto y más lo excitaba.

Tanto que tuvo que moverse para controlar la presión bajo los pantalones. La escena era tan vívida que casi podía sentir la suavidad de sus muslos, el pezón duro contra la palma de su mano, el ardiente calor mientras se enterraba en ella.

Cuando terminó de leer no tenía sangre en la parte superior del cuerpo y se echó hacia atrás, sacudiendo la cabeza para borrar las imágenes. No sabía que unas simples palabras pudiesen excitar tanto a un hombre.

Sophie Buchanan.

No recordaba el nombre, pero él tenía mala memoria para las mujeres.

«Tanga de piel de serpiente».

Jared sonrió. ¿Era anatómicamente posible? Desde luego, estaba dispuesto a probar si tenía ocasión.

Sophie Buchanan debía haber adjuntado el documento equivocado, pero eso no evitó que lo imprimiera. ¿Debería ignorarla al día siguiente? ¿Mencionárselo? ¿Tentarla para ver su reacción?

Lo había enviado media hora antes. ¿Estaría en la cama? ¿Con el tanga de piel de serpiente? El deseo le nubló la vista.

«Tranquilo», se ordenó. ¿Sería una trampa? Tal vez su intención era excitarlo. ¿Y si quería seducirlo? ¿Buscaba un puesto permanente en la empresa? Igual de desagradable era pensar que se sentía atraída por su dinero.

La impresora escupió la primera página y fue entonces cuando se fijó en una nota a pie de página: «diario de sueños».

Un sueño.

Jared volvió a sonreír. Muy bien, eso tenía más sentido. Era la fantasía de una mujer. y él había sido el amante imaginario.

¿Cómo sería esa mujer?

Melena rubia despeinada, boca perversa, unos pechos hinchados de grandes pezones rosados, sexy, ligera y espontánea.

Sophie.

Sin dejar de sonreír, Jared se guardó las ardientes páginas en el bolsillo de la chaqueta.

Estaba deseando que llegara el día siguiente.

Desde el coche, Sophie miraba el alto edificio con fachada de cristal que parecía un gigante de poder y autoridad a primera hora de la mañana. Las oficinas de Inversiones J. Sanderson ocupaban las dos últimas plantas.

Pensar en lo que tenía que hacer hacía que el corazón le latiese como si fuera a salírsele del pecho.

«Por favor, que no esté en la oficina».

Había mirado su agenda el día anterior y sabía que tenía una reunión a primera hora en Coolangatta, a media hora de allí. No llegaría a la oficina hasta las diez.

Aunque eso no significaba nada. En su experiencia, los jefes nunca hacían lo que se esperaba de ellos.

De modo que respiró profundamente, intentando calmarse.

Tomó el bolso y salió del coche, se pasó una mano por la discreta falda beis y se dirigió a la puerta del edificio.

Sophie se miró el reloj: las siete menos dos minutos. No había pegado ojo esa noche, temiendo la reacción de Jared Sanderson si leía el correo antes de que ella tuviese oportunidad de borrarlo. Si no lo había leído desde su casa, claro.

Sophie apretó el paso, con el estómago encogido, le dio los buenos días al guardia de seguridad y se dirigió a los ascensores.

Un momento después llegaba a la recepción de Inversiones J Sanderson. No había nadie todavía, la oficina estaba tan silenciosa que podía el ruido del mar al otro lado de la ventana. Y el eco culpable de su pulso.

La tarjeta magnética le daba acceso al *sancta sanctorum* del jefe, y allí estaba el ordenador de Jared Sanderson. Esperó, nerviosa, hasta que se iluminó la pantalla, pero le temblaban tanto las piernas que decidió sentarse.

Escribió la contraseña que Pam le había dado, abrió el correo sin apenas respirar y buscó entre los mensajes. Allí estaba su correo, marcado como «no leído».

Un sonido, parte sollozo, parte risa histérica, le escapó de la garganta mientras lo borraba de la bandeja de entrada y de la papelera.

Hecho.

Lo único que tenía que hacer era volver a su escritorio y nadie sabría nunca…

–Buenos días.

La ronca voz masculina hizo que se levantase de un salto. No sabía qué decir, ni siquiera se le ocurrió darle los buenos días. Un par de enigmáticos ojos verde aceituna la estudiaban mientras ella intentaba salir de su estupor.

–La señorita Buchanan, supongo.

Capítulo Dos

–Sí, yo… –consiguió decir, tartamudeando–. Soy Sophie Buchanan.

Era guapísimo, desde el pelo oscuro con las puntas un poco más claras por el sol; la recién afeitada mandíbula, lo bastante fuerte como para romper piedras; a la planchada camisa blanca; la corbata gris y ese aroma a sándalo y jabón.

Sophie no se atrevía a mirar más abajo.

Era la clase de hombre que te hacía olvidar hasta tu propio nombre porque una estaba ocupada intentando respirar.

Sophie hizo un esfuerzo por ordenar sus pensamientos.

–Buenos días, señor Sanderson. Estaba… solo… he abierto su agenda para que la tuviese a mano –consiguió decir. Luego, como si no hubiera entrado en su correo unos minutos antes sin que él lo supiera, le ofreció la mano.

Y, por una vez, agradeció su metro setenta y ocho, aunque no fuera suficiente, porque aquel hombre debía medir al menos metro noventa.

–Estoy deseando trabajar con usted.

Cuando le tomó la mano sintió un escalofrío y tuvo que hacer un esfuerzo para no pensar en cómo había acariciado sus pechos en sueños la noche anterior.

Porque estaba segura de que aquel era el hombre.

Y eso era horrible. Ella no quería que su amante imaginario apareciese en su vida profesional, pues necesitaba el trabajo. ¿Cómo iba a tratar con Jared Sanderson sin recordar cómo había sido hacer el amor con él? Y sobre todo, ¿cómo iba a disimular?

Al menos él no sabía nada.

Estaba sonriendo, pero sus ojos... había muchas cosas escondidas tras esos ojos verdes.

—Llámame Jared —dijo, sin soltarle la mano—. Aquí el trato es muy informal.

Sophie recuperó su temblorosa mano.

—Muy bien, Jared —murmuró, apretando los labios.

El sentimiento de culpa hizo que se pusiera colorada. Contra su voluntad, miró la pantalla del ordenador para comprobar que el correo no había vuelto a aparecer de repente. Y cuando volvió a mirarlo a él, Jared estaba estudiándola con la misma expresión inescrutable.

—Siento no haberte saludado ayer, pero tuve que irme a toda prisa. Mi hermana se puso de parto y su marido no podía llegar a tiempo al hospital. Supongo que Mimi, la recepcionista, te explicó todo lo que hay que hacer.

—Sí, claro —Sophie le perdonó por el día anterior. ¿Cuántos hombres corrían al hospital por el parto de su hermana? Su hermano no se había puesto en contacto con ella desde que escapó del infierno que era su casa para irse a Melbourne años atrás.

–¿Ha ido todo bien? –le preguntó, aliviada al poder pensar en algo que no fuese el maldito correo –y la tensión sexual que de repente parecía ahogarla–. ¿Qué ha tenido, un niño o una niña?

Jared sonrió y, ¡ay!, tenía una sonrisa encantadora que le formaba una arruguita en la mejilla izquierda.

–Todo ha ido fenomenal –respondió. Si él fuese el padre no podría estar más contento–. Es una niña, Arabella, y pesa tres kilos y medio.

–Qué nombre tan bonito –Sophie hizo una pausa–. Así que supongo que anoche estuviste ocupado celebrándolo.

Demasiado ocupado como para abrir su correo, o eso esperaba.

Él la miró de forma desconcertante, como si pudiera leer sus pensamientos. Como si supiera lo que había estado haciendo la noche anterior, con él. Y Sophie se puso colorada.

–Melissa y yo tomamos una copa de champán.

¿Melissa? De modo que tenía novia.

Sophie sintió como si la hubieran pinchado y estuviera desinflándose. Pam no le había contado nada de eso. Le había dicho que Jared Sanderson no tenía tiempo para relaciones, que su familia era lo más importante para él y que las mujeres eran lo último en su lista, aunque no era homosexual.

De inmediato, se recordó a sí misma que eso no era cosa suya. De hecho, mejor. Tampoco ella tenía tiempo para hombres y, además, se iría de Australia en tres semanas y cinco días, de modo que levantó la barbilla para mostrar una confianza que no sentía en absoluto.

–No quiero interrumpirte. Sé que tienes una cita a las ocho en Coolangatta.

–No hay prisa –dijo él, con esa voz de terciopelo que la sorprendía y la atraía a la vez, dejándose caer en el sillón.

Sophie contuvo el aliento mientras veía esos largos y morenos dedos posarse en el teclado del ordenador.

Recordaba esos hábiles dedos en su piel y tuvo que sacudir discretamente la cabeza para librarse de la fantasía. Era más importante saber cuánto tiempo había estado observándola desde la puerta de su despacho y qué había visto.

Cuando cerró la agenda para abrir su correo se le paró el corazón.

–No quiero perderme nada importante –Jared la miró de soslayo.

Sophie sintió que le ardía la cara y de manera inconsciente se llevó una mano al primer botón de la blusa.

–Bueno, te dejo –dijo dando un paso atrás.

No, no, se recordó a sí misma, lo había borrado también de la papelera. No iba a pasar nada…

–¿Qué es esto? –le preguntó Jared entonces, acercándose a la pantalla. Y a Sophie se le puso el corazón en la garganta otra vez–. Imagino que es tuyo.

–Yo… puedo explicártelo.

–No hace falta –Jared se echó hacia atrás en la

silla con una sonrisa en los labios–. Se lo dejé a Pam, pero veo que tú lo has terminado. Todo parece estar en orden, así que puedes enviar el correo ahora mismo.

El informe Lygon. Sophie suspiró.

–Me pondré con ello ahora mismo.

–Puedes hacerlo esta tarde –Jared volvió a mirar la pantalla–. Hoy no hay nada que no pueda esperar.

Cuando se levantó, Sophie volvió a contener un suspiro. Tenía las piernas como de gelatina, tenía que escapar de allí para calmarse un poco, pero antes de que pudiese hacerlo él abrió su maletín y empezó a sacar papeles.

–Ya que pareces tan entusiasmada por empezar, me gustaría que vinieras conmigo a Coolangatta.

–¿Yo? Pero…

–¿Algún problema?

La regla de oro de los empleados temporales era no irritar al jefe por muy corta que fuese su estancia en la oficina.

–No, en absoluto. Ningún problema.

–Me alegro.

La miraba tan directa, tan intensamente, que sentía como si estuviera desnudándola con esos ojos como rayos láser.

–Le dejaré una nota a Mimi.

–Muy bien –Jared miró el reloj con el ceño fruncido–. No, será mejor que la llames desde el coche. Llévate el portátil de Pam para ir familiarizándote con el proyecto antes de llegar allí. Si quieres un café… no, olvídalo, no tenemos tiempo.

—Muy bien.

Ese era el Jared Sanderson del que Pam hablaba tanto, del que se quejaba tanto, en realidad.

—Nos vemos abajo en dos minutos.

Jared salió del despacho, dejando la fragancia de su colonia en el aire.

Jared tiró el maletín y la chaqueta en el asiento trasero de su BMW descapotable y dejó escapar un suspiro mientras se remangaba la camisa. Al contrario de la imagen que se había creado de Sophie, rubia y bien dotada, era alta, delgada y discreta. Su pelo era suave, liso y brillante.

No le había pasado desapercibido el aroma de su colonia cuando se levantó de un salto del sillón. No era un perfume caro y exótico, sino suave, ligero y alegre, como fruta fresca en verano.

Pero lo único que había podido ver cuando la miró a los ojos fue la turbadora imagen de ella tirada en su cama, con una sonrisa en los labios y un tanga de piel de serpiente colgando de un dedo. Había tenido que hacer un considerable esfuerzo para no abrazarla y averiguar si la realidad era tan excitante como la fantasía que ella había descrito.

Había borrado el correo, por supuesto.

Estaba nerviosa y, por su rubor, era evidente que enviar ese archivo había sido un error, no un plan para conseguir su atención.

El problema era que había conseguido su atención, y de qué manera. Saber que había soñado con él lo excitaba como nunca. Y conociendo esos íntimos detalles, ¿cómo iba a lidiar con ella todos los días?

¿Entonces por qué le había pedido que lo acompañase a Coolangatta? Tal vez porque tenía una sonrisa irresistible. O tal vez porque su ayudante solía acompañarlo a las reuniones. No iba a cambiar su rutina solo porque Pam estuviese de baja.

Tal vez quería conocer mejor a Sophie Buchanan y saber por qué soñaba con él, cuando no se conocían. El truco sería no mezclar los negocios con el placer.

Sophie salió del edificio, iba vestida de forma conservadora, pero un golpe de viento le pegó la blusa contra el pecho, marcándole el sujetador y las sutiles, pero tentadoras, curvas. Jared abrió la puerta del coche, se puso las gafas de sol y activó el GPS. No dijo una palabra, era mejor que no supiese cuánto lo afectaba.

Así que no dejaría que el movimiento ondulante de sus caderas, por no mencionar esas largas y bronceadas piernas, lo distrajesen.

—¿Llevas mucho tiempo haciendo trabajos temporales? —le preguntó mientras salía del aparcamiento.

—Unos años, pero no voy a seguir haciéndolo mucho tiempo.

—¿Por qué?

Sophie abrió la tapa del portátil y empezó a teclear.

—Me marcho a Reino Unido el mes que viene.

—¿Para trabajar o como turista?

–Las dos cosas, espero.

–¿Tienes un contrato allí?

–No, aún no. Pero espero encontrar algo.

Jared se preguntó cómo sería marcharse al otro lado del mundo sin preocupaciones, sin responsabilidades, sin tener que pensar en nadie más que en uno mismo.

–Vamos a reunirnos con el propietario del edificio y el arquitecto para discutir el proyecto –le informó–. Los datos están en una carpeta llamada CoolCm20.

–Así que tu empresa ofrece asesoramiento para reformas –empezó a decir ella, levantando la cabeza del ordenador unos minutos después.

Él asintió con la cabeza.

–No solo ofrecemos asesoramiento, preparamos un proyecto completo –Jared la miró–. ¿Entonces, Pam y tú sois amigas?

Sophie asintió con la cabeza.

–Desde hace mucho tiempo. De hecho, vivimos en el mismo edificio.

–Entonces, tú también eres de Newcastle.

–Vine a vivir aquí hace cuatro años.

–¿Tienes familia aquí?

–No.

–¿Novio, prometido?

Ella apartó la mirada.

–Necesitaba un cambio de aires –fue todo lo que dijo.

Jared asintió con la cabeza. Estaba claro que no era solo eso lo que quería cambiar, pero no era asunto suyo, se dijo a sí mismo.

No tenía que conocer la historia de su vida. Solo le interesaba la Sophie que estaba sentada a su lado en ese momento, la que olía a algo tan fresco como la brisa de la mañana, la que soñaba con él.

Tenía que sonreír cada vez que pensaba en el correo. Que aquella joven de aspecto tan serio y profesional tuviese fantasías eróticas con él le excitaba y le frustraba.

A menos que hiciese algo al respecto.

Un cambio de aires. Si fuese tan sencillo.

Sophie intentó concentrarse en la pantalla del ordenador. ¿Cómo iba a quedarse en Newcastle sabiendo que podría encontrarse con Glen y su reciente esposa? Su reciente esposa embarazada. Y sería inevitable, ya que tenían amigos comunes y solían ir a los mismos sitios.

Ella no quería miradas de compasión, por eso había ido a Surfers para hacer un curso de negocios. Pero las pesadillas de su infancia habían seguido persiguiéndola, destrozando su vida, poniéndola enferma hasta que no tuvo más remedio que buscar ayuda profesional. Su terapeuta había sugerido que escribiese sus sueños en un diario y lo habían usado para trabajar sus problemas emocionales: una infancia con padres alcohólicos, su fracaso como mujer. Incluso el hecho de haber tenido que buscar ayuda era para ella un fracaso.

Había cambiado mucho desde que llegó a Surfers, pero el pasado seguía persiguiéndola cuando menos lo esperaba. Una palabra y volvía al purgatorio de su infancia, a su desastroso matrimonio.

Ya no tenía pesadillas, pero seguía escribiendo sus sueños para sentirse más segura.

Al menos Jared había entendido la indirecta y no había insistido en hacer preguntas, y eso le dio un momento para calmarse. Como Roma le había dicho en la última sesión, le esperaban buenos tiempo. Y ese era el asunto, ¿no? Concentrarse en el presente. Sophie intentó leer el informe de la reunión.

Volvió a leer el documento, pero no podía retener una sola palabra. Era como si el cerebro se le hubiese apagado salvo para el hombre que iba a su lado, con los bronceados antebrazos relajados al volante, cubiertos de un suave vello oscuro.

Sophie volvió a mirar la pantalla. De no ser por el estúpido sueño, no se sentiría atraída por él.

—Entonces ¿no hay nadie especial en tu vida?

La pregunta, formulada con esa voz ronca, la puso de inmediato a la defensiva.

—No creo que eso sea relevante para mi trabajo.

Jared se quedó callado un momento, como pensando la respuesta.

—He descubierto que las mujeres que tienen una relación fija son empleadas más estables.

—¿Solo las mujeres?

Qué sexista, pensó, aunque no lo dijo.

—Le aseguro que soy una persona muy seria, señor Sanderson… Jared. Y ya que hablamos del tema, ¿qué pasa con las mujeres que no tienen una relación estable?

¿Y por qué le había preguntado eso? ¿Su subconsciente estaba intentando meterla en líos?

Jared adelantó a un brillante Porsche rojo.

–¿Tú tienes una relación?

–¿Eso importa?

–Podría importar.

Indignada, Sophie olvidó su decisión de no mirarlo. Su perfil, su muy masculino y atractivo perfil, no delataba lo que estaba pensando.

–¿Qué quieres decir con eso?

¿Y Melissa? ¿Creía que se había olvidado de ella?

Por atractivo que fuese, por mucho que fantasease con él, ella no era la otra mujer porque sabía lo horrible que era que te dejasen por otra.

–Necesito saber si te esperan en casa esta noche –siguió Jared–. Ayer no pude ir a la oficina, y eso significa que esta noche tendremos que trabajar hasta muy tarde para compensar.

–Ah –Sophie tragó saliva.

Jared y ella solos en la oficina… para trabajar. Qué ridícula y patética era por pensar que podría tener en mente otra cosa.

–Nadie me espera en casa. Vivo sola –esperaba no haberse puesto colorada otra vez. Aunque daría igual, porque Jared no estaba mirándola.

–Espero que no tengas otros planes.

–No –respondió. Y, por el tono, imaginó que se habría visto obligada a cancelarlos si los tenía.

Pam le había advertido que Jared era un hombre obsesionado por el trabajo y que esperaba lo mismo de sus empleados.

–Y eso me recuerda… –Jared indicó el teléfono del salpicadero mientras se ajustaba el auricular–. Llama a Melissa, por favor. Está en la agenda.

Sophie hizo lo que le pedía con el estómago encogido y luego miró el paisaje por la ventanilla, los rascacielos entre retazos de verde y el azul del mar.

–Liss, soy yo –le oyó decir–. No podré ir a casa a cenar, tengo mucho trabajo, no tengo tiempo de hablar de eso ahora, voy con alguien en el coche –Jared se levantó las gafas de sol para frotarse el puente de la nariz–. Y dile a Crissie que pasaré mañana por el hospital, adiós –añadió antes de cortar la comunicación–. Mi hermana pequeña –murmuró después, mirándola durante un segundo.

Sophie apretó los labios para disimular una sonrisa, intentando no sentirse contenta.

–No tiene gracia –dijo Jared entonces.

–No me estoy riendo.

–¿Has intentando razonar alguna vez con una chica de diecisiete años?

–No, la verdad es que no. Pero he sido una chica de diecisiete años y te aseguro que la cosa mejora con el paso del tiempo.

Jared suspiró mientras detenía el coche frente a un edificio.

–A veces es insoportable –hablaba de Melissa como si fuera su padre y no su hermano–. ¿Tienes hermanos?

–Un hermano, en Melbourne. Hace años que no nos vemos –respondió.

Por fin, llegaron al edificio. Sus miradas se encontraron y, por un momento, el espectro del sueño parecía estar entre ellos. Pero era imposible, porque Jared no sabía nada del sueño.

El propietario, Sam Trent; y Ben Harbison, un arquitecto que había trabajado con Jared en varios proyectos, los esperaban en la puerta.

Sophie tomó notas mientras inspeccionaron el edificio y más tarde, durante la reunión, no levantó la mirada del ordenador. Tecleaba con rapidez, los dedos largos y finos, las uñas pintadas con laca transparente. Jared no podía dejar de pensar en otras cosas que podían hacer esos dedos; las que ella había descrito en el sueño.

La reunión terminó a las nueve y cuarto. Se alegraba de no tener que llevar a su nueva ayudante a la siguiente reunión y, además, estaría ocupada hasta la hora de comer. Solo quedaba soportar la tarde, pensó, admirando sus rodillas mientras se inclinaba para recoger el bolso del suelo.

Jared intentó concentrarse en la conversación con Sam mientras guardaba los papeles en el maletín, recordándose a sí mismo que él no mantenía relaciones con sus empleadas.

En cualquier caso, cuando el trabajo hubiese terminado, Pam volvería a la oficina y Sophie ya no sería su empleada.

Capítulo Tres

–La reunión de las diez ha sido cancelada –le informó Sophie mientras subían al coche.

Estaba muerta de hambre. No había tenido tiempo para desayunar.

–En ese caso, me gustaría parar un momento antes de volver a la oficina.

Sophie había esperado quedarse sola. No quería estar cerca de él, respirando el aroma de su colonia, escuchando su voz y preguntándose…

El miedo a que Jared hubiese leído su diario estaba matándola. Al menos si lo supiera con seguridad podría lidiar con ello de algún modo, pero no iba a arriesgarse a preguntar.

Mientras observaba a Jared cerrar la puerta del coche se recordó a sí misma que en unas semanas sería tan libre como las gaviotas que surcaban en ese momento el mar y el cielo.

–¿Te apetece comer pescado con patatas fritas? –le preguntó él, quitándose la chaqueta.

–Solo son las nueve y veinte de la mañana.

–¿Te gusta el pescado con patatas fritas? No estoy hablando de comida basura, sino de patatas recién hechas, crujientes por fuera y blandas por dentro, envueltas en papel de cera.

–Sí, pero…

–Entonces, olvídate de la oficina y del jefe durante una hora. Conozco un restaurante que abre muy temprano. Y sirven café, si necesitas un chute de cafeína.

¿Olvidarse de la oficina? Apenas había trabajado durante una hora, y olvidar que era su jefe sería imposible. Además, ¿pescado con patatas fritas a las nueve de la mañana?

¿Era aquel hombre relajado y sonriente el mismo hombre que, según Pam, estaba obsesionado por el trabajo?

–Muy bien –dijo por fin, cegada por esa arruguita que hacía que se le doblasen las rodillas.

Poco después pasaron frente a una panadería, con su delicioso aroma a pan y bollos recién hechos. Sophie aminoró el paso para mirar el escaparate, y cuando Jared puso una mano sobre su hombro dio un respingo. La presión de sus dedos en la clavícula le había provocado una especie de descarga eléctrica.

–Merecerá la pena, ya lo verás –dijo él, su voz más dulce que el pastel de chocolate del escaparate.

–¿Es una promesa?

¿Por qué había preguntado eso? Estaban hablando de comida, ¿no?

La expresión de Jared no revelaba nada, pero los ojos se le habían oscurecido.

–Me lo dirás después.

–De acuerdo.

Seguía tocándola y ella seguía temblando. Nerviosa, se colocó el bolso en el hombro y siguió caminando, pero Jared estaba tan cerca que sus brazos se rozaban, la deliciosa fricción del algodón y el suave vello masculino hacía que se le pusiera la piel de gallina.

Un momento después él se detuvo frente a una tienda con osos de peluche y preciosos vestiditos infantiles en el escaparate.

–Ven, ayúdame a elegir un regalo para mi sobrina. Treinta segundos, te lo prometo. ¿Qué opinas, un osito o un canguro de peluche?

Sophie estaba mirando un peto con estampado de rosas y gorrito a juego. Anhelando… No había vuelto a entrar en una tienda de bebés desde entonces, y sintió un escalofrío familiar.

–No sé mucho de bebés –murmuró–. Entra tú, te espero aquí.

Intentó sonreír mientras buscaba las gafas de sol en el bolso y, esperando que no se diera cuenta, señaló unos metros más adelante.

–¿Ese es el restaurante del que hablabas?

–Sí.

–Entonces, te espero allí.

Un pie delante de otro, se decía a sí misma. Pero le sudaban las manos. De todas las tiendas que podría haber elegido, tenía que ser precisamente una de bebés.

La había pillado desprevenida. Durante los últimos cuatro años había sido fácil evitar esa trampa. Pam era soltera y, por el momento, no tenía intención de ser madre o jugar a las familias. Y solo pensaba en su viaje a Europa.

Pero la próxima vez estaría preparada…

¿La próxima vez?

Después de aquel día, no tendría que volver a ver a Jared Sanderson.

No había caminado más que unos metros cuando él llegó a su lado.

–Oye…

Jared se había quedado inmóvil, como si intuyese algo raro, y Sophie se sintió culpable.

–Es tu hermana, entiendo que tienes que comprarle algo.

–No importa, lo haré más tarde –Jared siguió adelante y empujó la puerta de cristal del restaurante.

–*Buongiorno,* Rico.

–*Buongiorno* –respondió un hombre grueso, sonriendo como si Jared fuese un amigo de toda la vida–. No esperaba verte hoy por aquí.

–Tenía una hora libre.

–Y no has venido solo.

–Rico, te presento a Sophie, mi ayudante. Queremos el mejor pescado con patatas fritas, amigo mío. Y un capuchino para mi trabajadora colega.

–Encantado de conocerte, Sophie –Rico le hizo un guiño mientras echaba las patatas en la freidora–. Si este hombre no te trata bien, tengo un hermano soltero más guapo que Jared.

Riendo, Sophie se colocó las gafas de sol en la cabeza.

–Lo tendré en cuenta.

–Tiene un restaurante estupendo, además. Dile a Jared que te lleve a cenar allí una noche.

–No creo que sea buena idea –se apresuró a decir Sophie.

El hombre enarcó una oscura ceja.

–¿Por qué no? –le preguntó, con un brillo travieso en los ojos.

–Porque solo soy una empleada, no estamos saliendo –respondió ella, nerviosa.

¿Por qué había tenido que decir eso? Seguramente Rico se refería a una cena de trabajo.

–No le hagas caso, Sophie –dijo Jared, burlón–. Por cierto, ¿has hablado de números con Enzo?

Afortunadamente para ella, Jared parecía haberse olvidado de su presencia y, con intención de darles un poco de intimidad ya que hablaban de negocios, se sentó a una mesa y empezó a ojear una revista femenina.

Cualquier cosa para no mirarlo. O más bien para no admirar cómo los pantalones se le ajustaban al firme trasero...

Sophie hizo un esfuerzo para concentrarse en el último divorcio de una famosa actriz.

Sus ojos estaban pegados a la página de la revista, pero su cerebro no dejaba de dar vueltas. La familiaridad entre los dos hombres era evidente. Jared no se había tomado una hora libre solo para olvidarse de la oficina y entretenerla, sino para hablar con Rico.

–Tómate el café –la voz de Jared interrumpió sus pensamientos–. Luego iremos a dar un paseo por la playa.

Unos minutos después se sentaban en un banco, frente al mar. El sonido de las olas vibraba en el aire y las gaviotas sobrevolaban el agua. Sophie tomó una patata, la partió y se metió un pedazo en la boca.

—Tenías razón, están riquísimas.

—Hacía tiempo que no venía por aquí —dijo Jared.

—Mejor para ti. Sal, grasa, calorías... esto es demasiado bueno.

—Uno nunca se cansa de lo bueno, Sophie —bromeó él.

Lo había dicho en voz baja, como si estuviera hablando de sexo.

Sophie tomó otra patata y cerró los ojos para saborearla. Si no podía tener sexo, al menos podía comer.

—Esa es tu opinión.

—Una cosa buena solo es buena el tiempo que la disfrutas.

Glen pensaba lo mismo, recordó Sophie mientras tomaba un trago de café que le supo amargo.

—¿Y luego qué? ¿Lo descartas cuando encuentras algo que te apetece más?

—Si ya no me gusta, desde luego.

Ella apretó el vaso de plástico.

—A mí me parece muy egoísta.

Jared rio.

—Seguramente lo sea. ¿Y por qué no? Mientras no le hagas daño a nadie...

Tal vez no incluía las relaciones sentimentales en su particular filosofía. Parecía importarle la gente. Seguramente era una buena persona, además de millonario, guapísimo e interesante.

Algo brillaba en sus ojos verdes, y el corazón a Sophie le dio un vuelco. ¿También sabía leer el pensamiento?

–¿Y tu lista de cosas favoritas? ¿De qué no te cansas nunca, Sophie?

–Dinero –respondió–. E independencia.

–Eso suena un poco triste y solitario.

–¿Por qué? –replicó ella, molesta–. Tú no pareces solitario ni triste. Te has marcado unos objetivos en la vida y parece que has tenido éxito, así que no digas que el éxito no te hace feliz.

–Imagino que hablas del éxito económico. Y sí, es cierto, me hace feliz, pero eso no significa que no haya tenido decepciones.

Sin saber cómo responder, Sophie tomó otra patata. Todo el mundo sufría decepciones en la vida. La cuestión era cómo lidiar con ellas.

Jared daba la impresión de ser lo bastante poderoso como para conseguir todo lo que quisiera, pero ella no sabía nada de su pasado o los obstáculos que había tenido que superar para llegar donde estaba.

–Imagino que entre el dinero y la independencia también habrá sitio para formar una familia –dijo Jared entonces.

Unos años antes la respuesta de Sophie hubiera sido afirmativa. A pesar del trauma emocional que había experimentado de niña con una familia alcohólica y violenta, siempre había creído que ella sería diferente. Pero después de su matrimonio…

Por segunda vez en menos de una hora recordó que su cuerpo la había decepcionado en el tema de la procreación. Lo cual era irrelevante, ya que no tenía intención de volver a casarse.

Sin embargo, la decepción había sido tan grande, tan dolorosa.

–No, yo no –murmuró, mirando el mar–. ¿Para qué atarse con hijos cuando puedes viajar por todo el mundo, hacer lo que quieras y vivir la vida como te parezca? Sí, soy egoísta, lo admito.

Jared la estudió, en silencio. No podría decir si estaba siendo sincera o irónica, porque tenía los ojos ocultos tras las gafas de sol.

–Me alegro por ti –murmuró, aplastando la bolsa de papel–. Me gusta la gente que no teme decir lo que piensa.

¿Y por qué no iba a ser cierto? Ella misma admitía ser egoísta. Sin embargo, tenía la impresión de que no estaba contándole toda la verdad.

–Bueno, es hora de irnos.

Rico tenía razón: Sophie era una mujer guapísima y excitante. Y él no era capaz de quitársela de la cabeza. Guapa, soltera, viviendo el momento…

Bianca era igual, pensó, con su belleza sensual y su estilo de vida bohemio. Se había creído enamorado de ella y le había pedido que se casara con él.

Pero Bianca se negó a aceptar a Melissa, que entonces tenía doce años, como parte del trato. Y como lo más importante en la vida de Jared era el bienestar de su hermana pequeña, tuvo que decirle adiós.

Después de reunir las piezas rotas de su corazón, se dio cuenta de que en realidad no habría habido futuro para ellos.

Sophie no buscaba una relación estable, ella misma lo había dejado claro. Iba a marcharse del país, de modo que no podría haber nada serio entre ellos. Y él nunca tendría nada serio con una mujer que no quisiera tener hijos. No estaba buscando casarse inmediatamente, pero cuando sentase la cabeza lo haría con una mujer que tuviese los mismos valores que él. Quería una vida de compromiso, una familia.

Pero Sophie no quería nada de eso.

Una aventura le sentaría bien. Estupendamente. Tendría que seducirla, tentarla con aquello que tanto parecía desear: sus fantasías íntimas.

Jared esbozó una sonrisa.

¿Y quién conocía sus deseos mejor que él? ¿Quién mejor que él para hacer realidad sus fantasías?

Capítulo Cuatro

Tuvieron reuniones el resto del día y, por la tarde, Jared acompañó a un empresario de Dubái y su gente a una visita guiada por doce hoteles de la ciudad.

Había dejado a Sophie en la oficina haciendo informes, copiando, editando, comprobando el correo.

Jared era el primero en reconocer que Pam era estupenda. Conocía bien su trabajo, era increíblemente eficiente, indispensable, de hecho, y sería un desastre perderla. Pero también debía admitir que tras el escritorio pasaba desapercibida. Al contrario que Sophie Buchanan.

Cuando volvió a la oficina casi podía oler esa fragancia suya, tan fresca, que había estado en su cabeza durante todo el día, haciendo que perdiese la concentración.

En lugar de centrarse en convencer a Najeeb Assad para que transformase un viejo hotel en un pedazo de paraíso, Jared había estado visualizando a Sophie sobre él en el sillón de la oficina, su piel cubierta por una fina capa de sudor, mientras lo montaba una y otra vez...

Por suerte, el señor Assad había estado de

acuerdo con sus sugerencias para las reformas, pero podría haber sido al revés, y eso lo preocupaba. Él jamás había dejado que una mujer lo hiciese olvidar el trabajo, lo que reforzaba su convicción de que solo un idiota mantenía relaciones con una empleada.

De modo que cuando entró en la oficina hizo un esfuerzo para no mirarla.

–¿Puedes terminar esos informes en media hora, por favor?

Luego, suspirando, se dejó caer sobre el sillón. Pam volvería al día siguiente, y a partir de entonces podría relajarse y conocerla mejor.

Mientras tanto, desde allí no podía ver a Sophie, pero sí podía oírla moverse por el despacho, abriendo y cerrando cajones.

Unos minutos después, un ruido en la puerta hizo que levantase la cabeza del ordenador.

–Lissa, no te esperaba...

Ella enarcó las cejas.

–Pareces sorprendido. ¿A quién esperabas? –le preguntó, dejando una bolsa de comida china sobre el escritorio–. Sabía que ibas a trabajar hasta muy tarde, así que te he traído arroz frito del Lotus Pearl. Te quiero y me gusta cuidar de ti.

Jared se preguntó si habría llevado suficiente para dos personas.

–Gracias, Liss. Es un detalle por tu parte y te lo agradezco, pero esta noche no trabajo solo.

–¿No dijiste que Pam estaba de baja? ¿Esa guapa morena de piernas largas es la sustituta de Pam? Ahora entiendo lo de trabajar hasta tan tarde.

–No, Liss –Jared se levantó del sillón para sacar una carpeta del maletín–. No es eso.

–Ya –murmuró Lissa, burlona, poniéndose de puntillas para darle un beso–. No trabajes demasiado –añadió luego, en voz baja.

Sophie se detuvo en la puerta del despacho, con una taza de café en cada mano. Al ver a la bajita, pero preciosa, chica de pelo rojo dándole un beso a Jared, se le encogió el estómago.

De modo que el flirteo telefónico no había sido cosa de su imaginación…

Mientras veía a la pelirroja volverse hacia la puerta, Sophie apretó los labios. Debía tener diez años menos que Jared.

¿Y ella podía tirar la primera piedra? ¿No había sido ella diez años más joven que Glen? Tan joven, demasiado como para entender los peligros de enamorarse del hombre equivocado. Lo único que quería era escapar, sentirse segura, estar con alguien que la quisiera, importarle a alguien. Pero había ido de un desastre a otro.

Antes de que pudiese analizar esa reacción, la chica esbozó una sonrisa.

–Hola –la saludó, sus ojos de color aguamarina brillaban de femenina curiosidad.

–Lo siento –murmuró–. Volveré más tarde.

Jared levantó la mirada.

–No, no, entra, por favor. Melissa, te presento a Sophie, la sustituta de Pam.

Sophie dejó los cafés sobre la mesa para estrecharle la mano.

–Encantada.

—Liss ha traído arroz chino.

—Muy amable —ridículamente aliviada por segunda vez ese día, Sophie sonrió—. Encantada de conocerte.

—Lo mismo digo —replicó la joven—. Bueno, os dejo para que hagáis lo que tengáis que hacer. Dile a Jared que te lleve a casa algún día.

—Sí… bueno, adiós —Sophie tuvo que tragar saliva, nerviosa. ¿Era una especie de conspiración? Podría haberle dicho que solo estaba allí ocupando el sitio de Pam durante unos días, que no estaba saliendo con su hermano y, por lo tanto, no había ninguna razón para ir a su casa—. En fin, voy a buscar esos informes…

Una vez fuera del despacho intentó llevar oxígeno a los pulmones.

Que Jared viviese con su hermana le sorprendía. Había pensado que un hombre como él viviría solo, sin una hermana pequeña a su lado, aunque Melissa fuese prácticamente una adulta.

Un hombre como Jared Sanderson debía tener a las mujeres comiendo de su mano…

Pam siempre decía que su ética profesional era legendaria, y ella era su empleada, se recordó a sí misma, de modo que cualquier cosa remotamente sexual estaba fuera de la cuestión. Desde que llegó a la oficina se había mostrado serio y apenas se había fijado en ella más que para darle trabajo.

Satisfecha, y aliviada, tomó los informes y se dio la vuelta… Para encontrar a Jared mirándola desde la puerta.

Y no parecía estar pensando en el trabajo.

El sol empezaba a ponerse, y los últimos rayos iluminaban la bronceada piel masculina. Sophie apretó los papeles que llevaba en la mano para contener el deseo de tocarlo y averiguar si era tan cálido y firme como parecía.

Como en su sueño.

Si no hubiera soñado con él no estaría teniendo esos pensamientos tan inapropiados. Ella se enorgullecía de ser una profesional y no miraba a sus jefes como si quisiera besarlos...

Probablemente estaba esperando que le explicase por qué había tardado tanto.

—Me encantan los atardeceres, ¿a ti no? —murmuró, apretando los documentos contra su pecho como si fueran un escudo.

—Sí, especialmente cuando se disfrutan en buena compañía —respondió él, sin dejar de mirarla.

—Bueno, ¿quieres que empecemos?

Jared dio un paso adelante y no se detuvo hasta que estuvo a un centímetro de ella. Y Sophie vio algo que no había notado antes: sus ojos, verde oliva, estaban rodeados de un círculo azul y brillaban ¿era un brillo de especulación, de atracción?

Sophie tembló, entre el deseo y el miedo, cuando Jared alargó una mano para quitarle los informes.

—¿Qué tal si tomamos ese café antes de que se enfríe?

Pasándose una mano por los brazos helados, ella murmuró:

—Espero que te guste el café con leche. Le he

preguntado a Mimi y me ha dicho que creía que sí.

Jared asintió con la cabeza.

–En este momento agradezco cualquier cosa con cafeína.

Sophie lo siguió al interior del despacho y se sentó frente a él.

–¿Melissa también está interesada en los negocios?

–Si es así, se lo guarda para sí misma. Está estudiando diseño, y para ella lo más importante es el color y la inspiración. Tiene mucho talento –Jared sonrió.

–Tus padres deben de estar muy orgullosos de vosotros.

–Nuestros padres han muerto.

La frialdad con la que lo dijo la dejó helada.

–Ah, vaya, lo siento.

Bajo esa supuesta falta de emoción, en sus ojos había un brillo de pena y rabia que, estaba claro, no quería compartir con ella.

Jared se llevó la taza a los labios.

–Fue hace mucho tiempo.

Debería dejar el tema, pero quería saber algo más de aquel hombre que, evidentemente, había sido más que un hermano mayor para Crystal y Melissa.

–¿Fue un accidente?

Él negó con la cabeza.

–Mi madre murió dos semanas después de que naciera Lissa, que cumplirá dieciocho años en tres semanas. Mi padre murió mientras conducía borracho hace doce años –su tono se volvió brusco–. Y si no nos comemos el arroz ahora mismo el olor nos va a distraer. Podemos compartirlo mientras comprobamos los informes.

–Muy bien.

Tomaron sus cafés y compartieron el arroz mientras hablaban del trabajo. Jared incluso le pidió su opinión sobre un par de proyectos importantes.

Trabajar como asistente temporal no era muy satisfactorio, pero gracias a Jared sentía como si estuviera haciendo una contribución. Él la hacía sentirse valorada.

–Será mejor que nos vayamos a casa –dijo Jared unos minutos después.

–¿Tan pronto? –Sophie se dio cuenta entonces de que se había hecho de noche.

–Son más de las ocho. Puedes irte, yo me encargo de todo a partir de ahora.

Ella miró su reloj, incrédula.

–El tiempo vuela, desde luego.

–Gracias por tu ayuda estos días –Jared sonrió con genuina simpatía.

Ay, era guapísimo. Y no solo eso. ¿Cuántos de sus jefes le habían dado las gracias por su trabajo?

–De nada. Ha sido un placer.

Los ojos se le oscurecieron.

Unas campanitas de alarma hacían eco en la parte de su cerebro que no estaba concentrada en el placer que, sin duda, él podría darle. Tenía que marcharse. De inmediato, antes de que ocurriese algo que lo cambiase todo.

–Si no me necesitas para nada más, me voy.

Sophie salió del despacho y tomó el bolso de su escritorio. Aparte de la luz del despacho de Jared y las luces de seguridad, toda la planta estaba en penumbra.

Él no había dicho «buenas noches». ¿Qué significaba eso?

Nerviosa, aceleró el paso hacia el vestíbulo, haciendo un esfuerzo para no correr. Estaba sin aliento cuando pulsó el botón del ascensor.

–Espera, Sophie–. ¿Dónde has aparcado el coche? Te acompaño. A veces el aparcamiento está muy oscuro.

Sophie miró el panel de botones, pensando que el ascensor subía con exasperante lentitud.

–He aparcado al lado de tu coche, y seguro que hay luz.

–Supongo que sí, pero prefiero asegurarme.

Las puertas del ascensor se abrieron en ese momento, y Sophie entró a toda velocidad, pero Jared entró tras ella. Las puertas se cerraron y, en esa intimidad, sus ojos se encontraron de nuevo.

Ella dio un paso atrás, pero la mirada de Jared seguía clavada en la suya y se dio cuenta de que ya no era el sueño de la noche anterior. La promesa de placer que había en el brillo de esos ojos verdes era real y tendría consecuencias.

Pero ella no estaba interesada en un hombre, a menos que ese hombre se esfumase al despertar. Y, sin embargo, esa ardiente mirada parecía quitarle no solo la ropa, sino la razón.

La piel le ardía bajo la blusa, la sangre parecía

fluirle lentamente por las venas, y lo deseaba con todas las fibras de su ser.

Una estupidez.

Cerró los ojos para controlarse, pero no sirvió de nada, porque sus sentidos estaban totalmente concentrados en Jared. Casi podía oírlo respirar. Peor, casi podía oírlo pensar.

–Sophie…

Sus ojos se clavaron en los de Jared como si tuviera un imán.

–¿Has pulsado el botón? –le preguntó, sin aliento–. ¿Por qué no se mueve el ascensor?

¿Cómo no se había dado cuenta antes? ¿Estaban atrapados en el ascensor?

–No tendrás claustrofobia, ¿verdad? –bromeó él, apoyando un codo en la pared.

No, no estaban atrapados, y el ascensor funcionaba perfectamente.

–No lo creo –respondió. Aunque las paredes parecían estar cerrándose a su alrededor. O tal vez era la estatura de Jared, la anchura de sus hombros. Sophie tuvo que respirar profundamente, pero no parecía capaz de llenarse los pulmones de oxígeno.

–Mejor, porque la jornada laboral ha terminado. De hecho, tu trabajo en Sanderson ha terminado.

Ella asintió con la cabeza. Sí, había terminado. Estupendo.

–Así que ha llegado la hora de confesar que he estado pensando en ti todo el día.

El corazón a Sophie se le detuvo durante una

décima de segundo para después lanzarse a un loco galope. ¿Quería decir que había estado pensando en ella o en ese maldito diario?

–¿En mí? Si ni siquiera me conoces.

–Pero me gustaría conocerte.

–Pues entonces, lo primero que debes saber es que no suelo relacionarme con mis jefes.

–Tampoco yo con mis empleadas. Pero esto... lo que sea, es la primera vez para mí –Jared se acercó un poco más–. Ya te he dicho que tu trabajo aquí terminó hace cinco minutos, ¿no? Ya no eres mi empleada y yo no soy tu jefe.

El cálido aroma de su piel hizo que Sophie contuviese el aliento.

–Sí –consiguió decir–. Pero...

–Nada de peros –la interrumpió él–. Me siento atraído por ti y la atracción es mutua, no lo niegues. Me he estado preguntando...

Sophie sintió que le ardía la cara.

–¿Qué?

–Cómo sería tu pelo si te quitases la coleta.

Sophie no podía moverse mientras él le quitaba el prendedor. No sabía qué había hecho con él, pero sintió el roce de sus dedos en la nuca y tuvo que contener el deseo de arquearse hacia esa mano y suspirar de placer.

Podía sentir su aliento en la cara cuando se inclinó un poco. Y no había error posible, el brillo de sus ojos era un brillo de deseo.

Aquello no debería pasar, Jared Sanderson era su jefe. Sophie intentó apartar la mirada.

–Debería irme... –murmuró, buscando el panel

de botones, pero al hacerlo su mano entró en contacto con un torso ancho, duro y musculoso.

Estaba atrapada.

Jared seguía teniendo un brazo apoyado en la pared del ascensor mientras con la otra mano jugaba con su pelo. No estaba reteniéndola y Sophie, furiosa consigo misma, no encontraba fuerza de voluntad para apartarse. ¿No veía dónde iba aquello?

Sí, lo veía, ese era el problema. Y él lo sabía.

—Tú también has estado pensando en mí —Jared le apretó la mano.

—No.

Él le acarició los nudillos con el pulgar.

—Admítelo, Sophie.

Ella intentó apartarse de nuevo, pero sin mucha intención. La mirada de Jared sostenía la suya mientras levantaba una mano hacia su pecho. El corazón de Sophie se volvió loco.

—Llevas todo el día preguntándote cómo sería nuestro primer beso —siguió él, con ese tono seductor—. Cómo y dónde… —añadió, deslizando la punta de la lengua por su labio inferior.

Sophie abrió la boca sin darse cuenta. Era turbador lo fácil que le había resultado seducirla, pero dejó de analizar la situación para, sencillamente, disfrutar del encuentro.

Jared emitió un gemido ronco que parecía salirle de lo más hondo del pecho. El calor de sus manos en la espalda le recordaba el sueño, y cuando la dura prueba de su deseo le rozó la entrepierna, perdió la cabeza.

Se puso de puntillas para besarlo, echándole los brazos al cuello y olvidando por un momento que era su jefe. Quería más. Más calor, más sabor, sentir ese cuerpo duro contra ella. Un beso con el que soñar…

¿O un sueño con el que se forjaba un beso?

No, no, no. Ella no necesitaba esa complicación. Tenía que concentrarse en sus objetivos, en su viaje. Ni nada ni nadie iban a hacer que perdiese el rumbo, de modo que hizo un último esfuerzo.

–Tengo que irme –murmuró, apartándose para pulsar el botón.

Capítulo Cinco

—Espera —moviéndose a la velocidad del rayo, Jared se colocó frente al panel de botones por segunda vez.

Sophie abrió la boca para protestar, pero él se adelantó:

—No tienes por qué salir corriendo.

—¿Ah, no?

En su voz había una nota de histeria… o de humor. Jared no lo sabía con certeza; no la conocía lo suficiente como para saberlo.

—Creo que deberías pensarlo antes de tomar una decisión – murmuró, inclinando la cabeza para olerle el pelo.

Sophie dio un paso atrás y él la siguió hasta que su espalda chocó contra la pared. No iba a apartarse a menos que ella se lo pidiera, y no estaba diciendo nada en absoluto. Fuera lo que fuera lo que había nacido entre ellos, era mutuo. Ninguno de los dos podía disimular.

Levantó las manos, sin dejar de mirarla a los ojos, para besarle el pulso de las muñecas antes de enredar los dedos con los suyos lenta, sinuosamente. Una erótica imitación de cómo sus cuerpos se moverían cuando la hiciera suya…

–¡Espera! –gritó Sophie entonces, apartando las manos para frotarse las muñecas como si hubiera estado atada–. No puedo…

–Cálmate.

–No, por favor, no te acerques.

Jared dejó escapar un suspiro. La farsa tenía que terminar, era hora de decirle que lo sabía.

–Lo has leído –murmuró Sophie entonces–. No solo las primeras líneas, no, has leído todo el capítulo.

–No podía dejar de hacerlo. Lo siento, debería habértelo dicho esta mañana.

–Sí, deberías.

–¿Y eso habría cambiado algo?

–Sí… no –Sophie sacudió la cabeza–. No lo sé. ¿Cómo voy a saberlo?

–¿Entonces, era una fantasía o un sueño?

–Un sueño. ¿Por qué iba a fantasear contigo si no te conozco de nada?

Jared sonrió.

–Parece que nos conocemos bastante bien.

Ella hizo una mueca.

–Llevo años escribiendo mis sueños –dijo por fin. Pero no le habló de las sesiones con el terapeuta–. Hacen aflorar cosas del inconsciente y te ayudan a entenderte a ti mismo. No tiene nada que ver contigo.

Jared inclinó a un lado la cabeza.

–¿Tú qué crees que quería decir?

Sophie había estado investigando las teorías del sueño y, según ellas, el problema era que no había amor en su vida. Y tenían razón. Los sueños en los que aparecía comida, particularmente fruta jugosa como fresas, moras o frambuesas, se asociaban con la sexualidad.

Sí, se trataba de frustración sexual, pero no iba a decírselo a Jared Sanderson. Y tampoco iba a decirle que nunca había tenido un sueño tan explícito.

—No tengo ni idea —murmuró.

—Sueño erótico o no, hay una atracción entre nosotros. Tú la sientes también, admítelo. No voy a dejarte salir del ascensor hasta que lo hagas.

—Muy bien, es verdad. Pero ha sido una indulgencia momentánea.

—Quiero verte fuera de la oficina. Y te aseguro que no será momentáneo.

El brillo de deseo en sus ojos era irresistible, pero tenía que ser práctica. Nada iba a convencerla para que olvidase sus sueños y sus objetivos, ni siquiera Jared Sanderson. Especialmente Jared Sanderson, porque tenía la impresión de que podría cambiar esos objetivos a conveniencia.

—Me marcho del país y no quiero empezar nada...

—Cariño, esto ya ha empezado.

—Eso no significa...

El timbre del móvil la interrumpió. ¡Salvada! Sophie lo sacó del bolso y respondió, dándole la espalda.

—Sophie, soy Pam.

—Hola, Pam.

—Tengo un problema. ¿Podrías seguir ocupando mi puesto durante unos días más?

–Sí, claro –respondió Sophie–. ¿No te encuentras bien? ¿Has ido al médico?

–No te lo vas a creer: tengo varicela. El médico me lo ha confirmado hace una hora.

–Pobrecita. Te llamaré de camino a casa. ¿Necesitas algo?

–Gracias, pero no necesito nada. Voy a desconectar el teléfono y a dormir durante horas. He intentado hablar con Jared antes de llamarte, pero no contesta al teléfono.

–No te preocupes, yo se lo diré. Llámame si necesitas algo, a la hora que sea.

Sophie cortó la comunicación, pero no se dio la vuelta. No quería que Jared la distrajese ni distraerlo a él. El recuerdo de esos últimos minutos seguía haciéndola temblar.

¿Cómo iba a seguir en la oficina? Aunque ese dinero extra le iría muy bien…

–¿Qué ocurre? –preguntó Jared.

–Era Pam –murmuró Sophie, guardando el móvil en el bolso.

–¿Y bien?

–Tiene varicela.

–¿Varicela? ¿Los adultos tienen la varicela?

–Parece que sí.

–Una pena –murmuró Jared, pensando que tendría a Sophie en la oficina toda la semana, pero no en su cama, como había anticipado, porque él no se relacionaba con sus empleadas.

–Pam ha intentado ponerse en contacto contigo, pero no respondías al teléfono. Dadas las circunstancias, buscaré a otra persona.

–No, quiero que te quedes –dijo Jared–. Yo necesito una ayudante y tú necesitas trabajo. ¿No te vendría bien el dinero?

–Sí, pero…

–Entonces, te espero mañana a las ocho. Sophie, eres una profesional, puedes hacerlo. Piensa en Londres, en ese viaje a París.

–No pensaba ir a París.

–Todo el mundo piensa en ir a París.

–No, yo no –Sophie se mordió los labios–. Quiero ir a Roma y tal vez a Florencia –añadió, volviéndose para pulsar el botón.

–Entonces ¿no quieres que nos veamos fuera de la oficina?

–No. Y quiero que me devuelvas mi prendedor, por favor.

Jared sacó el prendedor del bolsillo.

–Esto no va a funcionar.

–Soy tu empleada. Existe una atracción entre nosotros, pero debemos olvidarnos de ella y…

–¿Tú crees?

–Sí.

–¿De verdad crees que podremos hacerlo?

–Estoy segura.

–Me gusta tu optimismo.

Cuando llegaron al aparcamiento, ella giró a la izquierda, sus tacones repiqueteaban sobre el pavimento.

–Estoy segura de que tú puedes hacer lo mismo. Los dos somos personas responsables.

Personas responsables. Con el cielo lleno de estrellas sobre un océano en calma y la mujer a la que acababa de besar a su lado, ser una persona responsable era lo último que Jared tenía en mente.

Sophie se detuvo abruptamente, abrió la puerta del coche y tiró el bolso en el asiento del pasajero.

—Buenas noches.

Unos mechones de pelo se le movían con la brisa. Sus labios estaban un poco hinchados, como esperando otro beso, y respiraba con cierta agitación.

La noche tropical estaba hecha para el amor y, por una vez, Jared no quería ser profesional ni responsable. Si fuese una cita, estaría desabrochándole el primer botón de la blusa...

No, la tendría desnuda y gimiendo debajo de él. Después de todo, sabía lo que le gustaba, ¿no?

—Muy bien, lo haremos a tu manera —asintió por fin—. Así que buenas noches, Sophie. ¿Es lo bastante formal para ti?

Ella asintió con la cabeza, aunque parecía un poco decepcionada, a su pesar.

—Buenas noches.

—Nos vemos por la mañana —Jared cerró la puerta del coche y la vio salir del aparcamiento.

Seguía dolida con él por haber leído el diario, pero daba igual que quisiera negar la atracción que había entre ellos. Al día siguiente hablarían del asunto. Y le dejaría claro que sus planes para ir a Noosa la semana siguiente la incluían a ella.

***

Sophie miró por el retrovisor para comprobar que Jared no la seguía y se detuvo en el arcén para intentar calmarse.

«Santo cielo».

Había conseguido apartarse a tiempo, pero temblaba de arriba abajo. Le había hecho el amor con las manos como ella describía en el sueño... la única diferencia era que no estaba desnuda o tumbada en una suave alfombra que no existía en su casa en realidad.

Y él también sabía eso.

Sophie se llevó una mano a la frente. Había leído su diario. Lo sabía todo, maldita fuera. Seguramente había estado observándola cuando no se daba cuenta, imaginando las cosas que describía...

Y besaba como en su sueño.

Sophie suspiró, recordando el roce de sus labios, cómo le había enredado los brazos en el cuello y prácticamente se había aplastado contra él.

Jared la había dejado hacer el ridículo. No, lo había hecho ella solita enviando el correo equivocado. ¿Qué hombre habría dejado de leer después de ver las primeras líneas?

Como había aceptado seguir trabajando hasta que Pam estuviese recuperada, no podía llamar para decir que había cambiado de opinión. Su orgullo no se lo permitía, y el sueldo de una semana más de trabajo sería más que bienvenido. Además, ella era una persona responsable y no estaba dispuesta a defraudar a nadie, particularmente a Pam, su única amiga.

Pero aquello con el jefe de Pam no podía continuar porque afectaría a su relación profesional y a su capacidad para hacer el trabajo. Al día siguiente le diría a Jared que la situación era imposible y que no habría más besos.

Después de una noche en vela, Sophie pasó la mañana trabajando en los informes que se habían acumulado en el correo de Pam. Había llegado diez minutos antes que Jared para organizar su agenda y lo saludó con fría amabilidad. Él hizo lo mismo, pero el brillo de sus ojos le recordaba la noche anterior.

Ese brillo era matador, pero recordó que entre esas paredes no iba a pasar nada. Nerviosa, fue al baño para echarse agua fría en la cara y calmarse un poco.

Jared tenía reuniones durante toda la mañana, y por la tarde iría a Hinterland. Estupendo; no le había pedido que fuese con él. En lugar de eso, le dejó una lista de informes y llamadas.

Poco después de las doce llegó un mensajero con una docena de globos de helio en forma de corazón, atados con una cinta rosa.

—Esto no puede ser —murmuró Sophie.

—Me han dicho que los trajese aquí —respondió el joven.

Sin abrir el sobre, llevó los globos al despacho de Jared y los dejó frente a su ordenador. ¿Cómo se atrevía a recordar lo que había ocurrido entre ellos por la noche? Habían decidido olvidarlo.

Un almuerzo solitario al aire fresco sería una buena distracción, pensó, llevándose sus sándwiches a la playa, a unos minutos de la oficina.

Llevaba veinte minutos de vuelta en su escritorio cuando oyó la voz de Jared. Estaba demasiado lejos como para entender lo que decía, pero parecía relajado y el pulso se le aceleró.

De repente, deseó no haber llevado los globos a su despacho. Como no había leído la nota no sabía de qué acusarlo. Si pudiese entrar un momento y...

Demasiado tarde, Jared se acercaba con su hermana.

Con el corazón acelerado, tomó la carpeta que iba a llevar al Departamento de Contabilidad y se levantó.

–Hola, Sophie –Jared se detuvo delante de su escritorio–. ¿Algún problema esta mañana?

El brillo de sus ojos le decía que no se refería a ningún problema administrativo.

–No, ninguno –respondió ella, muy seria–. Todo ha ido perfectamente. Hola, Melissa.

–Debes pensar que no tengo nada mejor que hacer que venir a ver a mi hermano a la oficina –bromeó la joven–. Te aseguro que no es así, es que va a llevarme a la universidad después del hospital.

–Venga, vámonos –dijo Jared, saliendo del despacho con el maletín en una mano y los globos en otra.

–Son preciosos, le van a encantar –Melissa tomó la cuerda que los sujetaba.

Sophie apretó los labios. De modo que no eran para ella sino para su hermana, que acababa de tener un bebé.

–Espera, quiero enseñarle la pulsera que le hemos comprado a Arabella.

–Liss, Sophie está ocupada.

–Solo será un minuto –Melissa sacó una cajita del bolso y le mostró el contenido–. ¿A que es preciosa?

Sophie miró la delicada pulserita de oro, con el nombre de Arabella grabado en un pequeño corazón. Preciosa, pero no tan preciosa como el bebé.

–Es muy bonita –dijo, intentando esbozar una sonrisa–. A Crystal le encantará y a Arabella también, cuando sea mayor.

Jared estaba hablando por el móvil y Sophie aprovechó la oportunidad para escapar.

–Si no te importa, tengo que bajar a contabilidad.

–No, claro. Hasta pronto –se despidió Melissa.

Sophie se dirigió hacia la escalera, porque no quería compartir el ascensor con Jared, y se tomó su tiempo en el Departamento de Contabilidad; el tiempo suficiente para que Jared y Melissa ya se hubieran ido. Pero en caso de que no fuera así, decidió volver por la escalera.

Capítulo Seis

Diez minutos después, Jared salió del despacho y se encontró a Lissa sentada en el escritorio de Sophie, jugando con los globos. Pero Sophie no estaba por ninguna parte.

Y cuando frunció el ceño su hermana sonrió como si supiera algo que no debería.

—Está en el Departamento de Contabilidad —le dijo, mirando el reloj—. Y nosotros tenemos que...

—¿Te ha dicho algo? —la interrumpió Jared, impaciente.

Lissa enarcó una ceja.

—¿Algo de qué? Ahora que lo dices, parecía nerviosa. ¿Está enfadada contigo?

—No, no. Espérame en el coche —Jared le tiró las llaves y se dirigió a los ascensores.

—Ha bajado por la escalera. No tardes, tengo que ir a clase.

Jared bajó las escaleras de dos en dos. Necesitaba una ayudante que pudiese olvidar las cuestiones personales mientras estaba en la oficina. No tenía tiempo para juegos. Cuando oyó que se abría una puerta miró por la barandilla y vio a Sophie subiendo por la escalera lentamente, como si no tuviera nada mejor que hacer.

O más bien como si quisiera darle tiempo para irse antes de volver al despacho.

Llevaba un vestido de color verde claro, de cuello cuadrado y falda recta, con un cinturón de color esmeralda. Era un vestido discreto y, sin embargo, la suave piel de su cuello le recordaba la noche anterior en el ascensor... el sabor de su piel, sus gemidos mientras la besaba, cómo sus ojos se habían encontrado cuando notó su erección. Sophie lo deseaba tanto como él, hasta que Pam llamó por teléfono.

Y seguía interesada. Si contratase a otra persona, podría ver a Sophie fuera de la oficina esa misma noche.

No había pensado con claridad cuando le ofreció que se quedase otra semana.

Muy bien, por el momento era su empleada, pero no lo sería durante mucho tiempo. Unos días más y nada podría evitar que acabasen en la cama.

En unas semanas se marcharía del país y le parecía bien, porque no tenía intención de mantener una relación seria por el momento. Y, evidentemente, tampoco ella estaba interesada.

Perfecto. Bueno, casi.

Tenían que aclarar la situación de inmediato. Mientras bajaba por la escalera ella levantó la mirada y, al verlo, apretó los labios.

—Sophie...

—¿Quieres revisar estas cifras antes de que las archive?

—No, para eso te pago a ti —Jared se sentó dos escalones por encima de ella para mirarla a los ojos–. Anoche dijiste que eras una profesional, una persona responsable.

–Y así es.

–Estás evitándome.

–No, es que estoy ocupada. Como te ibas, pensé que…

–No tengo tiempo para esto y tú tampoco –deseaba tanto tocarla que tuvo que apretar los puños–. No sé qué planes tienes para esta noche, pero cancélalos.

–No puedo.

–¿No puedes o no quieres?

–Voy a pasar la noche con Pam –respondió Sophie–. Es como de la familia para mí y está enferma. Despídeme si quieres, pero un jefe comprensivo sabe qué es lo importante.

Jared lo sabía y la admiraba por plantarle cara.

–Muy bien –asintió, dejando escapar un suspiro de frustración–. Entonces, mañana por la noche.

–No sé si podré.

–Seguro que sí. Compra unas flores para Pam en la floristería de la esquina y cárgalas a mi cuenta.

–Muy bien –asintió ella.

Cuando una sonrisa iluminó su rostro, Jared olvidó que era su jefe y aquel su sitio de trabajo.

Las imágenes que su mente parecía determinada a conjurar lo asombraban y lo excitaban al mismo tiempo. Contuvo el aliento, pero cuando volvió a respirar le llegó el aroma de su perfume. La sonrisa de Sophie había desaparecido y se agarraba a la barandilla con la mano libre como si le fuera la vida en ello.

Jared sonrió para aliviar la tensión.

—Relájate, no voy a hacerte el amor en la escalera por mucho que me supliques.

Ella no sonrió como esperaba, no reaccionó de ningún modo. La broma cayó en el vacío, dejándolo confuso e incómodo.

¿Qué le pasaba? Excitado como nunca, se inclinó hacia delante, desesperado por probar de nuevo esos labios.

Ella no intentó apartarse y, un segundo después, cuando sus labios se encontraron, todo su cuerpo pareció suspirar de satisfacción. Jared lo sabía porque él sentía lo mismo.

Pero cuando alguien abrió la puerta en el piso de arriba, Jared reaccionó rápidamente. ¿Qué demonios estaba haciendo? Besar a una empleada en la oficina... aquello no podía ser.

Le puso las manos en los hombros a Sophie para sujetarla, pero ella se echó hacia atrás bruscamente.

—¿Jared? —escucharon una voz impaciente—. ¿Estás ahí? No tenemos todo el día...

—Voy enseguida, Liss.

Sophie, que se había lanzado escaleras arriba como un cohete, se volvió, susurrando:

—Es lo que pasa cuando se incumplen las reglas.

Jared era incómodamente consciente del bulto bajo sus pantalones.

—Espera, dame esas carpetas.

Sophie se las dio, con un brillo burlón en los ojos.

—Le diré a Melissa que irás enseguida —murmuró, antes de seguir subiendo.

–Dile que la espero en el aparcamiento. Comprueba la agenda para el miércoles y familiarízate con los detalles.

–¿El próximo miércoles?

–Te he enviado un correo.

–Muy bien.

La puerta se cerró y Jared dejó escapar un largo suspiro. No podía creer lo que acababa de pasar. En las horas de oficina, con su ayudante. Menudo idiota.

Él nunca había hecho algo parecido. Nunca había sentido la tentación, Sophie Buchanan era la primera.

Cuando la besó por la noche no había anticipado que seguiría siendo su ayudante, pero se aseguró a sí mismo que en menos de un mes todo volvería a la normalidad.

¿A quién quería engañar? Sacudió la cabeza mientras subía a la oficina. Estaba seguro de que nada volvería a ser igual.

¿Noosa? Iban a Noosa. Sophie miró el correo que le había enviado Jared. Juntos durante un viaje de tres horas. Y se alojarían en un bungalow. Solos. Estaba a punto de llamarlo para decirle que era imposible cuando le sonó el teléfono.

–Inversiones J. Sanderson.

–Señorita Buchanan –escuchó la voz de Jared, aparentemente tranquilo.

Al contrario que ella, que aún tenía el pulso acelerado.

Oyó el claxon de un coche al fondo... ah, claro, iba en el coche con Melissa, que estaría escuchando la conversación.

—Señor Sanderson —dijo Sophie, repiqueteando con las uñas sobre el escritorio—. ¿Quería algo?

—Imagino que habrá leído el correo.

—Sí, claro.

—Tenemos mucho que hacer y quiero que se familiarice con los detalles antes de irnos el miércoles. Yo estaré en Brisbane el lunes y el martes, así que hablaremos durante la cena, mañana por la noche.

Sophie abrió la boca para discutir, pero volvió a cerrarla. De modo que era una cena de trabajo, qué astuto. ¿Cómo iba a negarse?

—Muy bien.

—Iré a buscarla a las ocho. Hasta mañana.

Jared cortó la comunicación.

—Cuéntame los últimos cotilleos —le dijo Pam mientras tomaba la sopa de pollo que Sophie le había llevado.

Pam era una morena de pelo corto, abundantes curvas y expresivos ojos oscuros. Y en aquel momento esos ojos le suplicaban noticias del exterior.

—Solo soy una empleada temporal, nadie me cuenta cotilleos.

—Pero tienes que haber oído algo. Algo sórdido que ilumine mi miserable vida y mis picores.

—Pobrecita —Sophie miró a su amiga, cubierta de ampollas, y casi tuvo que hacer un esfuerzo para no rascarse ella misma–. ¿Seguro que no necesitas nada?

–Gracias, pero por el momento tengo todas las medicinas que necesito. Y me encantan las flores que has traído. Jared es un encanto.

–Sí, bueno…

–Vamos, cuéntame algo.

Sophie quería hablar de Jared con alguien y Pam era la única persona en la que confiaba.

–¿Seguro que quieres saberlo?

–Seguro.

–Muy bien, pero luego no me culpes si te mueres de picores. Y me tienes que prometer no contárselo a nadie.

Pam apoyó los codos en la mesa.

–Lo prometo.

–Todo empezó hace dos noches, cuando le envié el informe Lygon por correo…

Cuando terminó de contar la historia, Pam se echó hacia atrás, mirándola con los ojos como platos.

–Madre mía. Si no me lo hubieras contado tú misma no me lo creería.

–Ni yo misma me lo creo.

–Jared y tú… es como… no sé, tengo que pensarlo, no me hago a la idea.

–No lo pienses demasiado, por favor –Sophie notó que le ardía la cara–. No ha pasado nada.

Pero después de ese encuentro en la escalera, cuando le rozó los labios con los dedos, había tenido que hacer un esfuerzo para no abrir la boca y…

Y luego la había besado. Un beso rico, oscuro, ardiente, aunque demasiado corto.

–Jared nunca ha dado un escándalo –la voz de Pam interrumpió sus pensamientos–. Me pregunto quién empezará con los rumores.

Sophie la fulminó con la mirada.

–Tú no. Lo has prometido.

–Mis labios están sellados.

–Dime todo lo que tenga que saber sobre ese viaje a Noosa. Me he enterado esta misma tarde.

–Tenemos que ir a Noosa para hablar con unos clientes y ver una propiedad.

–Y dormiremos allí.

–Dos noches –Pam sonrió como si fueran dos conspiradoras.

–¿Y si yo no quisiera ir?

–¿De verdad vas a decir que no?

–Yo…

–Porque si es así, será mejor que busques a alguien de inmediato. Este viaje es muy importante para la empresa. Sé que hablo mal de él, pero Jared es un buen tipo. Además, piensa en tu viaje a Europa, en el dinero.

«Roma, Florencia, el Coliseo, el *David* de Miguel Ángel».

–Lo pienso, lo pienso. Pero sigue sin parecerme buena idea.

Sophie se dio cuenta de que no estaba concentrándose en el aspecto profesional. Además, Pam le había conseguido el puesto en lugar de recurrir a una empresa de trabajo temporal, de modo que no podía defraudarla.

–Claro que voy a ir.

Pam se relajó un poco.

–No te preocupes, el bungalow es enorme. Cinco dormitorios, cuatro baños, spa, piscina...

–He leído la información.

–Entonces sabrás que hay mucho espacio. No tendrás que verlo si no quieres.

–¿Por qué no nos alojamos en un hotel?

–Porque Jared está harto de hoteles. No te preocupes, será muy agradable para los dos.

Sophie no tenía ninguna duda. Ninguna en absoluto. Pero podía ver la palabra «complicaciones» en el horizonte.

–Cuéntame más cosas. ¿Cómo es Jared fuera de la oficina?

–Suele salir con rubias sofisticadas, pero casi nunca dos veces con la misma. ¿Eso responde a tu pregunta?

Sophie se encogió de hombros, como si no importase.

–Imagino que sí.

No debería importarle. No era asunto suyo con quién saliera Jared Sanderson. Entonces, recordó sus palabras: «Una cosa buena solo es buena durante el tiempo que la disfrutas».

–Así que tiene fobia al compromiso,.

Pam frunció los labios.

–Yo diría que es un hombre dedicado a su trabajo. Su carrera y su familia son toda su vida. Tuvo que luchar para conseguir la custodia de Crystal y Melissa cuando solo tenía dieciocho años y lo hizo mientras levantaba un negocio.

Sophie intentó no sentirse impresionada por su dedicación y compromiso. De nuevo, intentó no compararlo con su exmarido, pero no podía evitarlo. Glen adoraba a las mujeres, a muchas mujeres. Y a sus espaldas.

Los dos hombres preferían a las rubias. Seres superficiales, los hombres, cosa que no pensaba olvidar durante los próximos días. Incluso cuando estuviese a bordo del avión que la llevaría al otro lado del mundo pensaría en ello.

Pero que fuese superficial era mejor, más seguro. Pensó en esto último tumbada en la cama.

Le excitaba todo de él. Desde su piel bronceada a cómo la miraba con esos ojos intensos. Luego estaban sus labios, firmes generosos y ardientes. Y cómo los usaba para besarla. Un arma de destrucción masiva. La temperatura le aumentó un grado más solo de pensarlo. Quería esos labios otra vez, los quería por todo su cuerpo, como en su sueño.

Nunca le había besado un hombre como Jared. Un cóctel de poder y autoridad con ingenio y encanto, servido con un traje de chaqueta. Irresistible.

Pero aunque Pam decía que solo le interesaba el trabajo, Sophie sabía que lo consideraba un buen tipo.

No tan superficial.

No tan seguro después de todo.

Capítulo Siete

Jared le dio tanto trabajo el viernes que apenas tuvo tiempo de ir al baño y menos de pensar en él más que como un negrero.

Trabajó sin parar para tomar café, y a la hora del almuerzo, cuando había limpiado su escritorio de papeles, se estiró en el sillón, satisfecha.

—Tienes que archivar esto, por favor.

Jared soltó otro montón de papeles sobre el escritorio, sin mirarla.

—Ahora mismo.

—Y saca la agenda del proyecto Carson Richardson.

—Me pondré con ello ahora mismo.

Jared miró su reloj.

—Me marcho, pero volveré a las dos. Espero que lo tengas listo para entonces.

—Por favor, Sophie, no has parado de trabajar —le dijo Mimi, a la una y media—. Puedes parar para comer.

Y Sophie lo hizo. Se comió sus sándwiches en la cocina y no tardó más de diez minutos. No iba a defraudar a Jared, ella podía con todo. De hecho, se preguntó si estaría poniéndola a prueba. Por qué, no tenía ni idea.

El resto del día siguió a ritmo frenético, y en cierto modo estaba bien, porque así se olvidaba de Jared y de la cena de esa noche. Aunque no del todo.

La cena de trabajo, se recordó a sí misma mientras pasaban las horas. Cinco y media, cinco cuarenta y cinco. Necesitaba saber qué clase de cena había planeado, pero como él no había vuelto a mencionarlo, tampoco lo hizo ella.

Jared estaba con un cliente, con la puerta cerrada, y no iba a interrumpir para preguntar por la cena.

La puerta se abrió unos minutos después y los dos hombres salieron del despacho.

–Sophie, ¿qué haces aquí? Son casi las siete.

–Tenía que terminar unas cosas –respondió ella. «Y preguntarte qué va a pasar esta noche»–. Pero me voy a casa ahora mismo.

Jared acompañó al cliente hasta los ascensores y volvió un minuto después.

–¿Sigues aquí?

–Ah, te has dado cuenta –respondió ella, burlona.

–Espero que la cena de esta noche siga en pie.

–Sí, claro. ¿Por qué no? Al fin y al cabo, es una cena de trabajo, ¿no?

–Imagino que eres de las que se arreglan a toda prisa, y me alegro mucho.

–Pues no, no lo soy –replicó Sophie–. No me has dicho dónde vamos a encontrarnos.

—Ayer te dije que iría a buscarte a las ocho —replicó él, impaciente.

—Y yo te dije que nos veríamos en el restaurante.

—No, no dijiste esto.

Tenía razón, no lo había dicho porque él la había interrumpido. Dejando escapar un suspiro de resignación, se colgó el bolso al hombro. No tenía tiempo para discutir.

—No sé qué debo ponerme.

—Algo elegante, pero informal.

—Muy bien.

—¿Edificio Pacific Gold?

—Apartamento 213.

—Muy bien, iré a buscarte a las ocho y cuarto.

Sophie arqueó una ceja.

—Habíamos quedado a las ocho. ¿Estás diciendo que no puedes arreglarte en media hora?

Él la miró con un brillo retador

—¿Tú qué crees?

—Estaré lista a las ocho —dijo Sophie, antes de volverse hacia el ascensor, rezando para que él no la siguiera. No podría soportar otro viajecito en el ascensor en ese momento.

Jared condujo hasta su casa al límite de velocidad y se metió en la ducha a toda prisa. No tuvo tiempo de pensar en esa extraña sensación en el pecho ni de reconocer una ilusión que no había sentido desde que era adolescente. Por suerte.

Eligió un pantalón oscuro y una camisa de lino

beis, sin corbata, porque era una cena informal y se dirigía a la puerta al mismo tiempo que Melissa, también vestida para cenar fuera.

–¡Vaya! –exclamó su hermana, mirándolo de arriba abajo–. ¿Es una colonia nueva?

–Crystal y tú me la regalasteis estas navidades –le recordó él–. Y es una cena de trabajo.

–No conseguirás ninguna cita siendo tan antipático –su hermana lo estudió en silencio–. Pero no vas vestido para una cena de trabajo. ¿Volverás tarde?

–No lo sé –respondió él, impaciente–. ¿Por qué?

–Porque yo también volveré tarde –respondió Lissa–. He quedado con unos amigos para cenar y luego iremos a una discoteca.

–No subas al coche con nadie que haya bebido.

Su hermana puso los ojos en blanco.

–No, papá.

Jared llegó dos minutos antes de las ocho.

–Iba a esperarte abajo. ¿Por qué has tardado tanto? –le preguntó Sophie cuando llegó arriba.

–¿No me das puntos por llegar temprano? Faltan dos minutos para las ocho.

Llevaba un vestido blanco por la rodilla, con una complicada serie de tiras que sujetaban el corpiño atado a la nuca, dejando los hombros desnudos. Unos hombros suaves y bronceados como la miel.

De modo que tampoco para ella era solo una cena de trabajo.

—Voy a buscar una chaqueta —Sophie vaciló un segundo—. ¿Quieres entrar?

Jared tragó saliva.

—Tal vez después.

Sophie desapareció en el interior del apartamento mientras él miraba el balcón, que daba a un patio dentro del edificio, y pensaba en los pingüinos de la Antártida y una cerveza bien fría.

Cuando ella volvió, había conseguido controlarse un poco.

—Espero que te guste el pescado.

—Me encanta —dijo ella, dirigiéndose a la escalera—. Prefiero bajar andando para mantenerme en forma.

Estaba claro que el ascensor era un problema para ella y Jared estuvo a punto de decirlo, pero quería que se sintiera cómoda. Era vital que se sintiera cómoda si iban a trabajar juntos o a tener cualquier tipo de relación.

Una vez en el restaurante, el maître los llevó a una mesa en una esquina desde la que se veía la playa. Con la brisa tropical que entraba por las ventanas abiertas parecían estar al aire libre. En el muelle, las antorchas de bambú aportaban calidez a un ambiente ya cálido de por sí.

Después de pedir la cena, Sophie hizo un esfuerzo para relajarse y disfrutar de la experiencia. No todos los días cenaba con un hombre tan guapo en un buen restaurante, de modo que conversaron sobre temas generales, el mercado inmobiliario, los pros y los contras de vivir en un destino turístico…

El champán que Jared había pedido era perfecto, frío y afrutado, el cóctel de gambas y aguacate fresco y dulce. Sobre la mesa, la lucecita de té en una copa de cristal parecía acercarlos aún más. Demasiado íntimo para una cena de trabajo, pero no lo era, y ella lo sabía.

Mientras esperaba que Jared le dijese la razón por la que estaban allí, tomó otro sorbo de champán. Jared sin corbata era tan atractivo como con ella y olía de maravilla. Le gustaría inclinarse hacia él y, para evitar la tentación, tomó la servilleta y se echó hacia atrás en la silla.

–Buenas noches, Jared –un guapo italiano de sonrisa pícara apareció a su lado–. Y buenas noches a tu preciosa acompañante.

–Buenas noches, Enzo. Te presento a Sophie Buchanan, que está ocupando el sitio de mi ayudante durante unos días. Enzo es el hermano de Rico.

–Las mejores patatas con pescado de Coolangatta. Encantada de conocerte, Enzo.

El hombre sonrió.

–Esta noche estamos muy ocupados, de no ser así me quedaría a charlar un rato. Encantado de conocerte, Sophie. Vuelve cuando quieras. Mientras tanto, que disfrutéis de la cena.

–Gracias.

Pidieron una bandeja de frutos del mar que consistía en una variedad de ostras, calamares, gambas y pescado en tempura, servido con una fresca ensalada aderezada con limón y aceite de oliva.

La conversación cesó mientras Sophie, que solo había comido un sándwich horas antes, saboreaba la deliciosa cena. Jared comía con el mismo entusiasmo. También él se había saltado el almuerzo, y verlo comer era tan agradable como verlo trabajar. Se aplicaba a ambas tareas con el mismo entusiasmo, y Sophie supo sin la menor duda, con un cosquilleo en sus partes íntimas, que haría lo mismo en la cama.

—¿Te apetece un postre? —preguntó él después.

—Sí, claro.

—Deja que yo pida por los dos —Jared le hizo un gesto al camarero.

—Mientras tenga muchas calorías.

—Te garantizo que te gustará.

Poco después, Sophie miraba el plato que el camarero había dejado sobre la mesa sintiendo que le ardía la cara.

Torta italiana de *frangelico* con moras. Con una montaña de nata.

Cuando miró a Jared a los ojos, él le devolvió la mirada, burlón.

—Y Pam dice que no tienes sentido del humor…

—¿Pam dice eso de mí?

Sophie jugaba con el pie de su copa.

—Tal vez es su forma de decir que deberías relajarte un poco.

—¿Y tú qué opinas?

—Por lo que he visto hoy en la oficina, puede que tenga razón. Claro que hay otro Jared que Pam no ha visto nunca y que lo equilibra todo.

Él esbozó una sonrisa.

–¿Estás hablando de mi ingenio y mi inmenso encanto?

–Naturalmente.

Jared se quedó callado un momento, mirando al vacío.

–Dirijo una empresa multimillonaria, Sophie. Es la ambición de mi vida, la razón por la que me levanto de la cama cada mañana, mi pasión –murmuró, haciendo círculos en la nata con una cucharilla–. Pero a veces olvido que mis empleados tienen otras prioridades.

Sophie asintió. Parecía haberse distanciado de repente del resto del mundo.

–Pam también me ha contado lo bien que te has portado con tus hermanas.

–El negocio es la razón por la que puedo darles todo lo que necesitan, o al menos algo de lo que se han perdido los últimos doce años. Pero dejemos eso, tenemos cosas más interesantes de las que hablar.

De repente volvió a sonreír, como si hubiera apretado un botón. ¿Cómo lo hacía?, se preguntó. ¿Cómo podía cambiar de estado tan rápido?

–He pedido esta tarta por una razón.

–Ya lo veo –Sophie sintió la tentación de preguntar si iba a dársela él mismo para verla gemir de placer.

–Abre la boca, Sophie –murmuró, con esa voz ronca, tan masculina.

Jared se inclinó hacia ella, ofreciéndole la cucharilla.

Su boca se abrió como por voluntad propia y él

le deslizó la cucharilla entre los labios, despacio. Sophie no podía apartar la mirada mientras chupaba la deliciosa mezcla de moras y nata.

—¿Cuál es el veredicto?

—Está bien —consiguió decir.

—¿Bien? ¿Solo eso?

Sonriendo, Jared se llevó la cucharilla a los labios.

—En la carta no había tarta de moras. Esta no es una cena de trabajo y los dos lo sabemos —Sophie se cruzó de brazos.

—Tenemos que hablar de Noosa.

Sus ojos prometían todo tipo de delicias y Sophie tuvo que tragar saliva.

—Muy bien, habla.

—Noosa lleva mucho tiempo en la agenda, no es una cosa de última hora.

—Pam me lo dijo.

—Yo creo que es la oportunidad perfecta para explorar la atracción que hay entre nosotros.

Atracción física y sexual, mutua. Seguía sorprendiéndola que aquel hombre estuviese interesado en ella.

¿Podría acostarse con Jared Sanderson y luego irse al otro lado del mundo? Se iría en tres semanas y nada iba a detenerla. Los amantes imaginarios eran mucho menos complicados, pero mirando al hombre que estaba delante de ella, debía reconocer que no había comparación.

—Si te preocupan las repercusiones —siguió Jared—, seguramente Pam estará ya en la oficina para cuando volvamos. Podemos seguir viéndonos hasta que te marches, si quieres. Los dos sabemos que esto no puede durar.

Sería como un espectáculo de fuegos artificiales, una explosión de calor, ruido y energía que terminaba casi antes de empezar. Pero los fuegos artificiales dejaban tras de sí una estela de humo...

—Entonces, esto es una simple aventura, estamos de acuerdo.

Él se inclinó sobre la mesa para apretarle la mano.

—No te sientes cómoda con esa palabra, ¿verdad?

—Es una palabra que conjura otras como irresponsabilidad y frivolidad.

«Una cosa buena solo es buena mientras la disfrutas».

—Llámalo como quieras.

—Una relación corta —murmuró ella—. Al menos la palabra «relación» implica cierto grado de compromiso, por corto que sea. No te preocupes —se apresuró a decir—. No estoy buscando una relación seria y sé que tú tampoco.

Él enredó los dedos con los suyos, mirándola a los ojos como si quisiera leer hasta sus más íntimos pensamientos.

—¿Que dices, estás conmigo?

Sophie sonrió antes de preguntar:

—¿Qué tal si tomamos café en mi apartamento?

Capítulo Ocho

Jared se apoyó en la barandilla del balcón, mirando las copas de los árboles movidas por la brisa.

Sophie había abierto la puerta del balcón para que entrase la brisa y lo había invitado a ponerse cómodo mientras ella hacía el café. ¿Cómodo? Jared había estado a punto de soltar una carcajada mientras salía al balcón.

Unos minutos después, Sophie volvía con dos tazas de aromático café.

¿Quien necesitaba café? Ella era preciosa y calentaba sus entrañas como no podría hacerlo ninguna otra mujer. Olía a flores, a ardientes noches de verano. No, no quería café. Había esperado toda la noche para volver a besarla.

Pero antes de que pudiera moverse, ella se quitó el prendedor del pelo y sacudió la cabeza. Una clara invitación, pensó Jared.

No se dio cuenta de que había dado un paso hacia ella, pero allí estaba, con el pulso acelerado. En la penumbra, los ojos le brillaban mientras le acariciaba la cara con las yemas de los dedos.

En aquel momento no encontraba palabras para decirle lo hermosa que era o cuánto la deseaba.

Cuando le deslizó un dedo por las clavículas, ella dejó escapar un gemido que le vibró en la entrepierna. Le echó los brazos al cuello, apretándose contra él, sus piernas enredadas. El deseo amenazaba con hacer que los dos estallasen por combustión espontánea.

Y entonces el móvil le empezó a sonar.

Jared estuvo a punto de responder, pero algo dentro de él se rebeló y la apretó con más fuerza, como si eso pudiera hacer que el teléfono dejase de sonar.

Pero Sophie se apartó, sin aliento.

—¿No vas a responder?

—No —respondió. Ni en un millón de años.

El ruido cesó, y Jared le deslizó un dedo por la clavícula, excitado solo con ver cómo se pasaba la punta de la lengua por los labios.

—¿Dónde estábamos? —bromeó antes de volver a besarla, intentando no pensar en la persona que llamaba o si el mensaje era importante.

Pero por mucho que lo intentase, el momento estaba roto.

Y Jared quería ponerse a aullar. Tantos años de responsabilidad hacían imposible que olvidase el teléfono por mucho que quisiera estar con Sophie.

Y podía sentir que ella se enfriaba. Había un ligero temblor de tensión en sus brazos, como si de repente hubiera recuperado el sentido común.

Ojalá a él le pasara lo mismo.

Dejando escapar un suspiro, apoyó la frente en la suya.

–Voy a tener que escuchar el mensaje.

–Tal vez sea bueno que hayas recibido una llamada –dijo ella.

–¿Por qué va a ser bueno? –murmuró Jared, tomando el teléfono. La llamada era de Lissa, y el pulso se le aceleró por una razón bien diferente.

Jared, ¿piensas volver a casa pronto? Lo siento mucho, pero me he dejado la llave. ¿Podrías venir para abrirme la puerta?

Jared cerró los ojos.

–¿Ocurre algo? –le preguntó Sophie.

–Melissa se ha dejado la llave en casa –respondió él mientras pulsaba el botón de llamada.

–Jared, menos mal. Siento haberte molestado.

–¿Por qué has vuelto a casa tan temprano?

–Me dolía la cabeza, así que tomé un taxi, y me di cuenta de que no tenía la llave. En fin, si estás ocupado…

–Quédate ahí, llegaré en diez minutos –la interrumpió él, volviéndose a Sophie–. Lissa no se encuentra bien, tengo que irme.

–Ya veo.

–Lo siento –Jared se detuvo en la puerta para mirarla–. ¿Qué vas a hacer este fin de semana?

–Voy a hacerle compañía a Pam. Llevaré películas románticas, loción de calamina, helados de chocolate y crucigramas.

Jared tuvo que sonreír.

–Parece que lo tienes todo planeado.

De modo que Sophie era la clase de persona

dispuesta a olvidar sus planes para estar con una amiga. Ella sabía lo que le estaba ofreciendo, pero lo rechazaba para hacerle compañía a Pam.

«No eres tan egoísta como dices ser, Sophie Buchanan».

–Estaré en Brisbane el lunes por la mañana y volveré tarde el martes –le dijo mientras abría la puerta.

–Que tengas buen viaje.

–Si hay algún problema, llámame –se despidió Jared bruscamente.

Tenía que hacer un esfuerzo para no volver a tocarla, porque si le daba un beso, no podría apartarse, y Liss estaba esperando.

Sophie se alegraba de tener algo que hacer el fin de semana y durante el día la compañía de Pam hizo que se olvidase de Jared, pero por la noche fue diferente. En la cama, su cuerpo ardía de tal modo que se preguntó si también ella habría contraído la varicela.

Miró las estrellas fugaces cruzar el cielo nocturno. Sabía que habrían terminado en la cama si no hubiera tenido que irse a toda prisa.

Ella nunca había hecho el papel de seductora, pero con Jared era diferente. Y había tomado suficiente vino como para liberar a la mujer que había ocultado durante tanto tiempo.

Tal vez él era lo mejor que podría haberle pasado.

No, no. No podía pensar eso. No lo haría. Tenía

que concentrarse en su futuro, en el viaje. Él solo era esa aventura con la que tanto había fantaseado.

–Una aventura –murmuró. Iba a ser frívola e irresponsable. Y arriesgada, le dijo una vocecita.

¿No merecía una aventura antes de cumplir los treinta? Solo le faltaban dos años.

Sophie intentó no sentirse melancólica, pero siempre había soñado con estar casada y tener una familia a los treinta años. En fin, las circunstancias cambiaban y las expectativas también.

De vuelta en la oficina el lunes por la mañana había una montaña de trabajo esperándola, pero la imagen de Jared aparecía en su cabeza cada dos minutos. Su nombre, cómo besaba, algo que había dicho.

¿Qué era aquello? No parecía haber sitio en su mente para nada más que él. Nunca le había pasado algo así. Ni con Glen.

Jared llamó el martes por la tarde y, como no había esperado escuchar su voz, el pulso se le aceleró. La hacía sentir como una adolescente, vergonzosa y tímida.

Estaba deseando volver a verlo. ¿Desde cuándo sentía eso? Su felicidad no podía depender de otra persona.

Y entonces llegó el miércoles.

Jared iría a buscarla después de comer, y Sophie se miró al espejo por última vez, vacilando. Se puso algo cómodo y femenino al mismo tiempo: un vestido de punto de seda.

Jared llamó a la puerta. El corazón le dio un vuelco. Llegaba temprano otra vez. Quería estar relajada cuando llegase, pero no era así, y tuvo que hacer un esfuerzo para respirar antes de abrir la puerta.

–Hola –apenas le salía la voz.

–Hola.

Algo en esa arruguita en la mejilla hacía que se le doblasen las rodillas y miró hacia abajo...

Un error. Ay, lo que Jared Sanderson podía provocarle en vaqueros. La tela estaba gastada en los sitios adecuados...

Levantó la mirada a toda prisa, pero el polo blanco que se le ajustaba a los sólidos pectorales y destacaba sus anchos hombros no la calmó en absoluto. Sophie miró la prominente nuez y una diminuta cicatriz en forma de C donde tal vez se había cortado una vez mientras se afeitaba...

–Bonito vestido –dijo él–. El color naranja te sienta muy bien.

–¿Naranja? No es naranja, es color amanecer tormentoso.

–Ah, aún mejor –Jared sonrió–. Tal vez veremos uno en estos días.

–¿Ah, sí? ¿Hará mal tiempo?

–No, cielos limpios durante toda la semana –respondió él mientras se dirigían al ascensor.

Ella lo siguió sin decir nada. Sería ridículo bajar por la escalera con la bolsa de viaje cuando ya habían compartido besos y estaban a punto de hacer mucho más en los días siguientes.

Antes de tomar la autopista Jared le preguntó:

–¿Te importa si pasamos un momento por la casa de Crystal?

–No, claro que no –respondió Sophie, sorprendida–. ¿Se encuentra bien?

–Sí, estupendamente. Volvió del hospital el sábado, pero Ian tiene trabajo y es su primer día sola con la niña.

–Yo creo que quieres ver a tu sobrina –bromeó Sophie.

Jared sonrió mientras detenía el coche frente a una casa de ladrillo rodeada de palmeras.

–Esperaré aquí…

No quería molestar y tampoco quería ver a una niña recién nacida.

–¿Por qué? Entra conmigo. Crystal quiere conocerte.

–¿Le has hablado de mí?

–Le he dicho que Pam está enferma y que ibas a acompañarme a Noosa.

Ah, claro. Sophie se puso colorada y sonrió para disimular, alegrándose de llevar puestas las gafas de sol.

–No quiero molestar.

–No vas a molestar a nadie. Venga, serán cinco minutos.

Sophie lo siguió, a regañadientes. ¿Qué otra cosa podía hacer? No quería ver al bebé, pero sabía que no lo entenderían. Claro que podía tener suerte. Los bebés dormían mucho, ¿no?

La tensión hizo que mantuviese la espalda erguida hasta la puerta, donde los recibió un precioso *golden retriever*.

–Te presento a Goldie –dijo Jared, acariciando al animal–. Hola, guapa.

La perrita lo miró con adoración cuando tomó su cabezota entre las manos.

–Es preciosa –Sophie se puso en cuclillas para acariciarla–. ¿Tú tienes perro?

–No, nuestra querida Betsy murió hace años y estoy demasiado ocupado para entrenar a un cachorro. Además, ahora que Lissa está cada vez menos en casa, no sería justo para un perro.

Parecía convencido, pero Sophie vio una sombra en sus ojos.

–¡Hola! –los saludó una guapísima Crystal–. Tú debes ser Sophie. He oído hablar mucho de ti.

–¿Ah, sí?

–Entra, por favor.

Jared dejó la bolsa con los regalos sobre la mesa y desapareció por el pasillo, presumiblemente para ver a su sobrina.

Al contrario que Melissa, que no se parecía nada a su hermano, Crystal era su versión en femenino. Alta, con el mismo pelo oscuro, los mismos ojos verdes, el mismo carisma. Y, considerando que acababa de tener un bebé, estaba muy delgada.

Era tan agradable como Melissa y, como ella, parecía sutilmente interesada en su vida.

Sophie estaba empezando a relajarse, convencida de que Jared volvería pronto, cuando Crystal dijo:

–Tienes que conocer a Arabella antes de irte.

–No quiero molestarla…

Pero Crystal ya estaba llevándola por el pasillo, y lo último que quería era ofenderla. Además, se estaba convirtiendo en una experta en disimular sus sentimientos. Nadie sabía que cuando estaba sola su corazón aún lloraba por ese milagro que no se había hecho realidad.

Podía oler a talco antes de entrar en la habitación de la niña, y ese olor le encogió el corazón, pero intentó sonreír.

Jared estaba inclinado sobre la cuna, acariciando la carita a Arabella.

—Acaba de despertarse —dijo, mirando a su hermana—. ¿Puedo?

Crystal dejó una bolsa de pañales en el cambiador.

—Sí, claro. Pero tienes que cambiarle el pañal.

Sonó un teléfono.

—Vuelvo enseguida —murmuró Crystal antes de salir de la habitación.

Sophie lo vio tomar a la niña en brazos con infinita ternura, acariciando su cabecita con una mano.

—Hola, princesa —murmuró.

La niña lo miraba con unos ojitos de un color indefinible.

Sophie nunca había visto nada tan hermoso como aquella cosita tan frágil en contraste con el bronceado y fuerte brazo masculino.

Jared estaba hecho para ser padre.

Ese pensamiento la sorprendió. Había conocido a muchas mujeres hechas para ser madres, pero nunca a un hombre. Y, sin embargo, mirando el marcado bíceps mientras sujetaba a su sobrina con todo cuidado, supo que Jared era ese hombre.

Tan capaz de abrazar a una mujer como de sujetar a un bebé.

El corazón se le encogió y pareció abrirse como los pétalos de una flor: se estaba enamorando de él.

Algún día haría muy feliz a una mujer. Y esa mujer no sería ella. No podía ser ella.

Sus ojos se encontraron inesperadamente, y Sophie rezó para que no pudiera leer sus pensamientos.

—¿Quieres tomarla en brazos?

—No, no. Seguramente la dejaría caer, no tengo experiencia.

—Eso no es verdad —Jared la miró un momento, pensativo.

—No se me dan bien los niños —Sophie se encogió de hombros—. Me miran y se ponen a llorar.

—Arabella no llora, es demasiado lista —Jared le besó la naricita—. ¿Verdad que sí, cariño?

Para alivio de Sophie, no insistió. Dejó a la niña en el cambiador y le cambió el pañal como si lo hiciera todos los días.

Tenía que recordar un par de cosas importantes: la primera, que Jared no quería comprometerse con una mujer. La segunda, que ella se marchaba de Australia. Y, sobre todo, que un hombre que quería tener hijos nunca sería el hombre para ella.

Ningún hombre podría serlo.

Capítulo Nueve

Sophie parecía emocionada con el paisaje, y Jared condujo en silencio, limitándose a ir señalar los lugares de interés.

Una cosa era segura: ella no estaba buscando un hogar y una familia, porque había visto un brillo de pánico en sus ojos cuando le preguntó si quería tomar en brazos a Arabella.

Nunca había visto a una mujer tan nerviosa por un bebé. No había mostrado el menor interés por la tienda de niños en Coolangatta y solo había entrado en la habitación de Arabella por cortesía. Además, ella misma había admitido no tener interés en formar una familia.

Como otra persona que él conocía. Bianca se había guardado para sí misma su intención de no tener hijos hasta que descubrió que Jared quería que Melissa fuese parte de sus vidas. Su relación jamás podría haber funcionado y, en el fondo, había tenido suerte de haberlo descubierto antes de casarse.

Él quería tener hijos, pero sentar la cabeza era algo que dejaba para el futuro. Los años que debería haber estado saliendo con sus amigos, como hacían todos los de su edad, los había pasado siendo responsable de sus hermanas pequeñas, de modo que tenía que compensarlos de alguna forma.

Y estaba deseando empezar a compensarlos ese fin de semana con Sophie.

—Espectacular, ¿no te parece? —le preguntó cuando llegaron al bungalow.

—Mucho.

El palaciego bungalow frente al mar sería su alojamiento durante los próximos días. Y noches, pensó Sophie.

Era pensar en esas noches lo que hacía que sus hormonas saltasen como las bolas de la lotería en el bombo. Pero intentó calmarse concentrándose en el presente. El sitio era más que espectacular, era asombroso.

—Voy a darme una ducha.

Los ojos de Jared se oscurecieron.

—¿Necesitas que te frote la espalda?

Sophie tragó saliva, nerviosa.

—No, gracias —respondió, dirigiéndose al dormitorio para evitar la tentación.

—¡Si cambias de opinión, solo tienes que gritar!

Sophie esbozó una sonrisa.

—Si me oyes gritar tienes permiso para entrar y al demonio con la profesionalidad —bromeó, pasando a su lado.

Se sujetó el pelo en la cabeza y entró en la ducha de mármol blanco, pero rozó algo con el pie y cuando bajó la mirada y vio que era un ciempiés, más largo y grueso que su dedo medio, lanzó un aullido de terror.

Jared entró en el baño cuando ella salía de la ducha, asustada.

—Eso... eso... —no podía decir nada más, señalando con el dedo.

Jared tomó el cepillo de barrer y ella cerró los ojos mientras escuchaba unos golpes.

—Ay, por favor —no quería saber lo que había hecho—. ¿Está muerto?

—Está muerto —respondió Jared, tirando de la cadena del inodoro—.

Solo entonces abrió los ojos. Él llevaba los vaqueros nada más. Y se portó como un caballero, debía reconocerlo. Sin mirarla, tomó una toalla y se la ofreció.

—Gracias —Sophie se envolvió en ella a toda prisa, temblando, de frío o de excitación, no estaba segura—. Para tu información, no soy una blanda. Pero esos bichos... no puedo con ellos.

—Te creo —Jared esbozó una sonrisa.

—Tengo que volver a la ducha —dijo ella—. No creo que pueda volver por la cañería, ¿verdad? ¿Y si hay otro por ahí?

—No lo sé. Tal vez debería quedarme —dijo él, con un brillo travieso en los ojos.

Sophie tiró al suelo la toalla y se metió en la ducha.

—Tal vez deberías.

Sabiendo que estaba empezando algo que podría no ser capaz de terminar, empezó a frotarse con una esponja. Y, por supuesto, Jared no tardó en reunirse con ella. Oh, ese primer roce sobre sus hombros. Y el segundo por su espina dorsal, deteniéndose en la cintura, haciendo presión con algo duro...

–Jared se enjabonó las manos y empezó a darle un masaje en los hombros, lejos de donde ella quería que la tocase.

No debería haberle dejado empezar, pensó, respirando con dificultad. Sentía sus pechos pesados, tensos, y quería darse la vuelta para que les dedicase la misma atención.

Él deslizó las manos hasta sus nalgas, y cuando las abrió para acariciarle el interior de los muslos, se le doblaron la piernas y tuvo que agarrarse a la pared.

–Jared...

–Estoy aquí, cariño –murmuró él, con los labios tan cerca que podía sentir su aliento en la oreja. Estaba a su lado, pero la única parte de él en contacto con su cuerpo eran las manos.

Y qué contacto.

–No deberíamos –Sophie dejó escapar un gemido cuando el contacto de sus dedos se hizo aún más íntimo. Era demasiado y, sin embargo, no era suficiente.

–No lo dices de verdad.

–Sí lo digo

–¿Quieres que pare? –Jared apartó las manos.

–Sí, no –gimió ella.

Lo oyó reír suavemente y tuvo que morderse los labios cuando le subió las manos a los pechos para acariciarlos, deslizando la punta de los dedos por sus tensos pezones y enviando escalofríos a su entrepierna.

El vapor de la ducha los envolvía como una íntima capa.

Abriendo las piernas, Sophie arqueó la espalda y le suplicó en voz baja:

—Tócame.

Había sido un susurro desesperado, pero Jared obedeció de inmediato, deslizando una mano entre sus muslos para rozarle la húmeda entrada mientras le apretaba un pezón con los dedos de la otra mano.

—¿Así? —susurró, deslizando dos dedos en su interior y sacándolos luego lentamente.

Las piernas a Sophie le temblaban de tal modo que tuvo que apoyarse en la pared de azulejos.

—Sí.

Exactamente así.

Él repitió la exquisita tortura. Una y otra vez, cada roce de sus dedos más erótico, más persuasivo que el anterior.

—Eres tan excitante, tan deliciosamente húmeda.

Sus explícitas palabras, su hábiles caricias… era como si conociese su cuerpo desde siempre. Y el sonido de su voz la excitaba aún más. Unos segundos después, cerró los ojos y se dejó ir, mordiéndose los labios para no gritar.

—Vaya —suspiró cuando recuperó el aliento.

Pero cuando por fin se dio la vuelta Jared se había ido.

Como un sueño.

***

¿Cómo se enfrentaba una con su jefe cuando acababa de tener el orgasmo más intenso de su vida?, se preguntaba Sophie mientras se miraba al espejo del dormitorio. No sabía cómo iba a lidiar con Jared en una cena de trabajo cuando sus partes íntimas aún estaban encendidas.

Tomó la chaqueta y el bolso y se dirigió al salón. Estaba a punto de descubrirlo.

Jared, con un traje gris, una camisa de color azul claro con rayas blancas y corbata a juego, estaba viendo las noticias en televisión, pero cuando giró la cabeza para mirarla en sus ojos oscuros había un brillo de deseo y desesperación. Era como si quisiera comérsela viva y no quisiera saber nada de ella al mismo tiempo.

Resultaba incomprensible. Por increíble que hubiera sido el orgasmo para ella, no parecía haber sido una experiencia satisfactoria para los dos.

–Hola.

Jared la miró de arriba abajo, con los labios apretados, pero no dijo nada.

–¿El vestido es demasiado corto?

–No, no es demasiado corto –Jared se aclaró la garganta–. Es perfecto. Estás muy guapa.

–Gracias, tú también. Bueno, no guapo exactamente –intentó bromear Sophie–. Más bien elegante y profesional.

–Pero no sé si he sido muy elegante y profesional en el baño –Jared se levantó para apagar la televisión y Sophie se puso colorada.

¿Su cuerpo pedía una repetición y él lo lamentaba?

Jared la miró, en silencio. Parecía una fantasía con ese vestido nude y los zapatos negros de tacón. Y si se quedaba a su lado un segundo más, sabiendo que él era el responsable de haber puesto ese brillo en sus ojos de color ámbar, perdería el poco control que le quedaba y su reputación de persona seria sería solo un recuerdo. De modo que se dio la vuelta.

–Vamos. Nos están esperando.

Sophie era la ayudante perfecta mientras charlaba con la mujer de Trent, Tania. Había estudiado la información durante el fin de semana, porque conocía bien el proyecto.

Había sido una cena muy larga, pero sus anfitriones querían mostrar su hospitalidad llevándolos a uno de los mejores clubs de la zona para escuchar a una banda de jazz y tomar una copa.

Fue una tortura estar sentado tan cerca de Sophie y no poder tocarla. Sus piernas se rozaron bajo la mesa y sus ojos se encontraron durante un segundo. No podía hacer nada y Sophie lo sabía. Lo estaba volviendo loco.

Era medianoche cuando por fin se despidieron de los clientes. Hicieron el viaje de vuelta en menos de cinco minutos y durante ese tiempo Sophie siguió portándose como su ayudante, hablando de los planes del día siguiente: una reunión a las diez para discutir el proyecto, firmar el contrato con Trent…

Jared lo sabía de memoria, él mismo le había dado esas instrucciones.

Cuando por fin llegaron a la casa y detuvo el coche, se quitó el cinturón de seguridad con más fuerza de la necesaria.

–Ya está bien.

Ella lo miró, sorprendida.

–¿Cómo?

–Tu trabajo como ayudante ha terminado por hoy. Cariño… –Jared le acarició la cara, notando que le temblaban los dedos. ¿Por qué? Nunca le había ocurrido algo así–. Me has malinterpretado cuando he dicho que lo del baño no había sido muy inteligente. Si hubiese vuelto a tocarte te habría hecho el amor allí mismo, en el suelo. Te habría levantado ese vestido y no habríamos llegado a la cena.

Sophie suspiró, tocándose nerviosa el escote.

–Jared…

–Si eso suena crudo, lo siento. Pero me has vuelto loco durante la cena. Durante toda la semana en realidad. ¿Tú sabes lo duro que ha sido para mí estar a tu lado y no poder tocarte?

–No, no puedo ni imaginar –respondió ella mirando su entrepierna– lo duro que ha sido. Pero si entramos de una vez, tal vez puedas demostrármelo. Y, para tu información, me habría encantado hacer el amor en el suelo del baño. Es una de mis fantasías.

–Espero que sepas lo que me estás pidiendo –la voz de Jared sonaba más ronca de lo habitual.

Ella asintió con la cabeza.

–Sé muy bien lo que quiero.

Capítulo Diez

Sophie sintió un escalofrío de emoción cuando Jared salió del coche y tiró de ella para besarla con un gesto impaciente mientras le acariciaba los pezones por encima del vestido.

Saber que ella era quien le hacía perder el control, convirtiéndolo en un salvaje, en un hombre primitivo, era como si el champán se le hubiera subido a la cabeza. Nunca había sentido algo así y era asombroso. Ardía cada vez que la tocaba con las manos o la boca.

Jared le bajó la cremallera del vestido.

—Te deseo tanto...

—Sí —susurró ella; la desesperación que notaba en su voz la hacía temblar.

—Te deseo ahora.

Cerró los ojos y arqueó la espalda, levantando los pechos hacia él.

—Sí, ahora mismo.

La habría dejado tomarla allí mismo, en el coche, pero Jared salió de él a toda prisa y tiró de ella para tumbarla sobre el capó, levantándole el vestido con manos temblorosas para apartarle el sujetador y acariciarle los pechos como un animal hambriento.

Él metió una mano entre sus piernas para apartar las braguitas. Ah, ese primer roce de sus dedos sobre el húmedo algodón…

Sophie contuvo un gemido.

–Sophie… –murmuró Jared, con una voz que era un gruñido. Y ella tembló de deseo.

Un segundo después, le introdujo dos dedos en el interior y sus músculos internos se cerraron, abrazándolos.

Sus miradas se encontraron entonces. Toda traza de civismo había desaparecido y solo quedaba un macho excitado. Podía verlo en el brillo de sus ojos, sentirlo en el calor de su cuerpo, en su olor.

Y en el largo y duro miembro que le rozaba los muslos.

Lo quería dentro de ella; quería que la ensanchase, la invadiese, la llenase. Quitándose el irritante prendedor del pelo, Sophie sacudió la cabeza.

–Ahora –le ordenó, apoyándose en los codos y abriendo las piernas para él.

Jared le arrancó las braguitas, dejándola expuesta ante sus ojos. Hubo un momento de silencio y luego el deseo, la impaciencia…

Los dedos de Jared temblaban de tal modo que apenas podía bajarse la cremallera del pantalón.

–Ahora, ahora –repitió ella, enfebrecida.

En su entrañas se desató un incendio al escuchar su propia voz ronca, cargada de deseo. No quería que fuese despacio.

Sophie se desabrochó el sujetador y lo tiró con

un abandono que sorprendió a Jared casi tanto como a ella misma. Pero cuando iba a quitarse los zapatos, él negó con la cabeza.

–Los zapatos se quedan –le ordenó, mientras se liberaba de los calzoncillos–. Espera, no llevo preservativo...

Sophie lo miró a los ojos durante un segundo antes de decir:

–No es necesario.

No más esperas, no más tiempo para pensar. Jared se hundió en su húmedo sexo con una fuerte embestida. El gemido que escapó de su garganta parecía salir de lo más profundo de su ser.

Enredando las piernas en su cintura, Sophie respondió con un gemido, agarrándose a sus hombros, clavando las uñas en su carne. Y Jared disfrutó del exquisito dolor, devolviéndole el favor con los labios y la lengua.

Era la tentación de una noche de verano, llena de oscuros placeres y eróticas delicias. Se decía a sí mismo que eso era todo lo que necesitaba y sin embargo... durante una décima de segundo había visto una vida entera en sus ojos.

Pero no había tiempo para pensar y empujó con fuerza hasta que la oyó gritar. Solo entonces se dejó ir dentro de ella.

Luego apoyó la cabeza en su pecho, escuchando los rápidos latidos de su corazón mientras los dos volvían a la tierra. ¿Qué había pasado? ¿Era normal esa intensidad, esa locura?

–¿Estás bien? –murmuró, rozando su cuello con los labios.

–Mmm –Sophie suspiró; un sonido perezoso, satisfecho–. Creo que sí.

–Y yo creo que empiezo a sentir las piernas otra vez. ¿Qué tal si nos ponemos cómodos?

Sin esperar respuesta, la tomó en brazos para llevarla al interior de la casa y la dejó en el suelo, frente al sofá de piel. Iluminada por las luces de la piscina al otro lado de la pared de cristal Jared sintió algo a lo que no podía poner nombre.

Era la perfección hecha carne. Sus labios húmedos, hinchados de sus besos, los ojos brillantes, las largas piernas desnudas, los zapatos más seductores que había visto nunca…

¿Quién era aquella Sophie de cabello despeinado y pezones erectos por el fresco de la noche?

–¿Tienes frío?

–No, pero aquí hay un problema.

Jared frunció el ceño.

–¿Qué problema?

–Yo soy la única que está desnuda y eso no es justo.

Él esbozó una sonrisa.

–Tienes razón.

Sophie miró su camisa arrugada y alargó una mano para tocar un botón.

–Creo que es mi turno.

Tenía que quitarle la camisa para hacer realidad su sueño, para pasar las manos por ese torso bronceado cubierto de suave vello oscuro.

–Me encantas –murmuró, inclinándose hacia delante para depositarle un beso en el corazón. Lo oyó suspirar cuando pasó la lengua por uno de los diminutos pezones. Sabía salado y olía a… Jared. Deslizándole las manos por los hombros le quitó la camisa y, disfrutando de su recién descubierto poder, tiró hacia abajo del pantalón.

–Quítatelo. Ahora mismo.

–Eres muy mandona, ¿no? –murmuró burlón.

Sophie se tomó un momento para admirarlo. Precioso, perfecto, mejor que el *David* de Miguel Ángel.

La felicidad del momento se desvaneció. Pronto estaría lejos de Australia y aquello sería solo un recuerdo. Nunca podría ser nada más. Aquella tarde con Arabella había confirmado que nunca podría ser la mujer que Jared necesitaba.

¿Pero y si pudiera ser? En lugar de mirarlo a los ojos, puso los labios sobre su torso. ¿Y si no le importase que no pudiera tener hijos? ¿Y si pudiese amarla por quién era y eso fuera suficiente?

¿Amar? Sophie se apartó. ¿En qué estaba pensando?

–¿Has cambiado de opinión?

–No, no. Estaba pensando, nada más.

–Pensamientos tristes –dijo él, tomándola por la cintura–. Esta tarde he visto ese mismo brillo en tus ojos.

–Tienes mucha imaginación.

Miraba esos perceptivos ojos mientras deslizaba los dedos hacia abajo… y cuando lo sintió volver a la vida pasó el pulgar por la punta, riendo.

–¿Ya?

Jared sonrió.

–Dame unos minutos.

Sophie se preguntó cuánto tiempo habría pasado desde la última vez que estuvo con una mujer, pero dejó de hacerse preguntas cuando la tiró sobre el sofá. Se quedaron abrazados en silencio durante unos minutos, mirando el agua de la piscina reflejándose en el techo.

—Cuéntamelo —dijo Jared entonces.

Sophie frunció el ceño. Cuando creía que lo había olvidado...

—¿Qué quieres que te cuente?

—Ese hombre, la razón por la que te fuiste de Newcastle.

—Mi exmarido.

—¿Has estado casada?

—Durante cinco años. Nos separamos hace más de cuatro años.

—¿Cómo se te ocurrió casarte tan joven?

—Tenía dieciocho años. Tal vez te parezca demasiado joven, pero tenía mis razones.

De repente, los ojos se le llenaron de lágrimas. Jared la abrazó, mirándola a los ojos como si estuviera mirando en su dolido corazón.

—Perdona, soy un idiota. No tenía derecho a decir eso y te pido disculpas.

Sophie sabía que no quería hacerle daño, pero había tocado nervio sin darse cuenta.

—Acepto las disculpas.

—Es que imagino a Lissa casándose ahora y... en fin, me horroriza la idea.

—Tal vez seas demasiado protector. Los hermanos mayores suelen serlo.

—¿Y tu hermano?

—No, Corey es una excepción.

De hecho, ni siquiera recordaba la última vez que se habían visto.

—Entonces, ese hombre con el que te casaste aún te hace llorar, aún puede hacerte daño.

—No, no es eso. Tiene otra mujer, un hijo y otro en camino. Es feliz, yo soy feliz —le dijo, tanto para convencerse a sí misma como para convencer a Jared. Si Glen era infiel a su nueva mujer, no lo sabía y le daba igual.

—¿Por qué te casaste con él?

—Porque era muy joven —Sophie intentó sonreír mientras Jared enredaba los dedos con los suyos. Nunca se lo había contado a nadie. Solo Pam conocía su historia, pero compartirla con Jared le parecía algo natural—. Mis padres bebían mucho y se peleaban continuamente. Mi padre estaba en el paro y la violencia en casa era algo normal. Corey se marchó a los dieciséis años porque no podía soportarlo más y yo pensaba hacer lo mismo, pero cuando cumplí los dieciséis mi madre tuvo un accidente de coche y tuve que quedarme en casa para ayudar. Estuve allí dieciocho meses más, pero al final no pude aguantar las peleas por más tiempo —Sophie tragó saliva—. Había conocido a Glen unos meses antes y me parecía un tipo estupendo, alegre, divertido. Aunque ahora creo que lo veía más como un padre sustituto, un refugio.

—Lo entiendo —asintió Jared.

—Un día fuimos al ayuntamiento y nos casamos, así, de repente. Cuando se lo conté a mis padres, me dijeron que era una decepción para ellos, que no era mejor que mi hermano. Luego abrieron una botella de vino barato y se emborracharon, como hacían todos los días. No volví a verlos nunca.

Jared la apretó contra su pecho, en silencio.

—Les enviaba tarjetas de felicitación en sus cumpleaños con un cheque —siguió Sophie—. Pero no he vuelto a saber nada de ellos. No he vuelto a Newcastle ni pienso hacerlo.

Él le apretó la mano.

—Así que llevas un diario de tus sueños.

—Sí —el pulso se le aceleró—. ¿Como lo sabes?

—Lo vi encima de tu cama cuando te dejé en la ducha. Relájate, no lo he leído. Nunca haría eso.

—Antes tenía pesadillas —le confesó ella entonces—. Mi sicólogo sugirió que pusiera mis sueños por escrito y se ha convertido en una rutina.

—¿Sigues teniendo pesadillas?

—No, muy pocas veces —respondió Sophie. Aunque no había escrito nada desde el sábado por la mañana.

—¿Y yo he vuelto a aparecer en tus sueños?

—Sabes que sí.

—¿Cuántas veces?

Sophie sonrió.

—No pienso decírtelo.

—¿También pones por escrito tus fantasías eróticas?

—No, eso es completamente diferente.

—Cuéntame una de tus fantasías.

—Yo… no, no puedo.

—Claro que sí.

—Te reirías o pensarías que estoy loca.

—Prometo no hacer ninguna de esas cosas.

Sophie dejó escapar un suspiro.

—Siempre he querido hacer el amor al aire libre, bajo las estrellas, pero no lo he hecho nunca.

—¿Nunca?

Ella negó con la cabeza.

—¿Y tú?

El brillo culpable de sus ojos lo delataba, pero Jared no contestó. Se limitó a levantarla del sofá para llevarla a su cama.

El reloj biológico de Jared lo despertaba todos los días a las cinco y media de la mañana. Daba igual la hora a la que se hubiera acostado. Otro de esos patrones previsibles que conformaban su vida. Era una de esas personas que algunos envidiaban u odiaban por su habilidad para levantarse en cuanto abría los ojos. Normalmente nadaba durante media hora y luego desayunaba fruta, dos huevos y café solo.

Pero había pasado mucho tiempo desde la última vez que despertó con una mujer a su lado.

Y esa mujer estaba dormida. Era lógico, la había mantenido despierta durante gran parte de la noche. No se cansaba de ella, de su sabor, de su perfume veraniego, de su sedoso pelo cayéndole por el pecho en suaves ondas cuando estaba encima. O sus gemidos cuando llegaba al orgasmo… y había habido varios, pensó con una sonrisa.

Sophie se movió en sueños, con una sonrisa en

los labios, como si estuviera soñando algo agradable. Se excitó mientras seguía mirándola, pero era algo más que físico, y eso lo turbaba. El sano deseo estaba bien, pero aquello... ese deseo desesperado.

No, no era desesperado, pero nunca había experimentado algo así y era alarmante.

Sophie se marcharía pronto y era lo mejor para los dos, pensó, recordando que a él le gustaban las chicas deportistas.

Y sin embargo...

Jared frunció el ceño, intentando entenderlo. Los dos habían acordado que sería una aventura temporal. Entonces, ¿cuál era el problema?

Capítulo Once

Sophie alargó una mano hacia el otro lado de la cama para tocar el cálido cuerpo de Jared y comprobar que no había sido un sueño. Pero las sábanas estaban frías.

Cuando vio la hora en el reloj se levantó de un salto. ¡Tenían una reunión en media hora!

¿Por qué no la había despertado Jared? Si no lo conociera pensaría que había querido dejarla allí a propósito. Jared esperaba que su ayudante estuviese lista a su hora, fueran cuales fueran las circunstancias personales.

Saltó de la cama y se cubrió con la sábana a modo de toga. Seguramente estaría ocupado con detalles de última hora y esperaba que ella estuviese lista, de modo que corrió a su habitación y entró en la ducha.

Diez minutos después, vestida, arreglada y con el pelo sujeto en un moño para disimular que no había podido peinarse del todo, entró en la cocina como si no llegase media hora tarde.

Iba a darle los buenos días, pero se detuvo, tímida de repente. ¿Qué se le decía a un hombre con el que se había hecho el amor durante toda la noche?

Era la segunda vez que se enfrentaba con él después de hacer el amor y debía empezar a acostumbrarse, pero sintió que le ardía la cara. Ella no era una experta en ese tipo de cosas, aunque tampoco era una ingenua.

Jared estaba sentado frente a una mesa de madera, el único mueble de la casa que no era blanco, frunciendo el ceño mientras trabajaba en su ordenador, pero levantó la mirada cuando llegó a su lado.

El brillo de sus ojos era suficiente para encenderla de nuevo.

—Buenos días.

Sophie pensó en sus impacientes gruñidos mientras la acariciaba o cuando se dejó ir dentro de ella al amanecer. A la luz del día ya no era el amante sino el jefe. Se había puesto un traje gris, la chaqueta sobre el respaldo del sofá. Recién duchado y afeitado, era la viva imagen del hombre urbano y sofisticado.

—Buenos días —Sophie se apartó un mechón de pelo de la cara.

Se sirvió una taza de café y solo había tomado un trago cuando Jared le informó que se irían en cinco minutos.

«Muy bien, como quieras».

—Voy a buscar mis cosas.

Sentía la tentación de preguntar qué le pasaba, pero no tenían tiempo que perder y no quería empezar una discusión que podría hacerlos sentir aún más incómodos.

Hablarían del asunto más tarde. ¿Qué creía,

que iba a lanzarse sobre él delante del cliente? ¿Que no sabía lo que significaba ser profesional? Ya lo había demostrado en varias ocasiones.

Tal vez había cambiado de opinión y pensaba que una noche era suficiente. No, no podía ser eso. Solo tenían unas semanas, pero aún no estaba dispuesta a decirle adiós.

Jared encendió la radio del coche con el ceño fruncido. Por su culpa, Sophie no había tenido tiempo de desayunar. Normalmente solía pensar con claridad después de nadar un rato, pero aquella mañana su mente era un caos. Ella lo afectaba de una forma incomprensible. Lo hacía sentir indeciso, y eso era algo nuevo para él.

Cameron los recibió frente al edificio, con sus ojos azul mar y su aspecto de surfero. Incluso Jared podía entender por qué las mujeres lo encontraban tan atractivo.

—Te presento a Sophie Buchanan, mi ayudante.

—Bienvenida a Noosa —dijo Cameron, estrechándole la mano—. ¿Eres nueva en la empresa?

—No, estoy ocupando el puesto de Pam —Sophie miró alrededor mientras sacaba el ordenador—. Este es un sitio precioso, tiene mucho potencial.

—Eso creo, pero quiero que Jared me dé su opinión.

Jared asintió con la cabeza.

—Bueno, vamos a dar una vuelta.

Sophie devolvía la simpatía de su anfitrión con sonrisas mientras inspeccionaban el sitio, tomando notas y haciendo preguntas pertinentes. Si Cameron le parecía irresistible, no lo demostraba.

Por otro lado, tampoco mostraba ninguna señal de que lo encontrase a él irresistible. De hecho, no lo miró una sola vez a menos que fuese para aclarar algo o responder a alguna pregunta, y lo hacía con fría amabilidad.

Como debía ser. Lo que él esperaba... no, lo que exigía de su ayudante. ¿Por qué demonios iba a ser diferente?

Una vez en la oficina, se puso a trabajar mientras Jared y Brett discutían la propuesta y las posibles empresas constructoras.

Cameron se inclinó para mirar la pantalla del ordenador y comentó algo mientras Sophie lo miraba con esos ojos de color ámbar...

Y Jared sintió algo raro en el pecho, como si le hubieran clavado un cuchillo.

–¿Qué opinas, Jared?

Él tuvo que aclararse la garganta.

–¿No dijiste ayer que te gustaría contratar una empresa local?

–Sí, claro.

–¿Tienes alguna en mente?

Antes de subir al coche Cameron se volvió hacia Sophie.

–Si estás buscando trabajo y quieres algo permanente, yo tengo un puesto libre en este momento. Y estoy seguro de que lo harías muy bien.

¿Trabajar para Cameron? No, de eso nada, pensó Jared. Si Sophie decidía quedarse en Australia se quedaría en Sanderson.

–Gracias, pero me marcho de Australia en unas semanas –dijo Sophie.

El alivio de Jared duró poco.

—Para cuando vuelvas… —Cameron le entregó una tarjeta— la oferta sigue en pie —añadió, escribiendo algo en el dorso—. Si las circunstancias cambian, solo tienes que llamarme.

Jared puso una mueca. ¿Era una invitación? ¿Qué habría escrito en el dorso de la tarjeta? Maldita fuera, no podía verlo.

Estaba paranoico, pensó, apretando los dientes mientras le estrechaba la mano a Cameron.

—Gracias por pensar en nosotros para este proyecto. Te enviaré la propuesta el miércoles.

Sophie y Jared paseaban por el puerto de Noosa esa tarde, admirando los yates anclados. Había un ambiente de vacaciones, con turistas y gente del pueblo cenando en los cafés o entrando en las tiendas, que cerraban muy tarde.

Jared había dicho que era un buen sitio para relajarse después de un día de trabajo y era cierto. El problema era, notó Sophie, que él nunca parecía relajarse del todo, y eso no era sano.

El olor del mar se mezclaba con el del pescado y las exóticas fragancias que emanaban de un spa cercano. Sophie se pasó una mano por el cuello.

—¿Te he hecho trabajar demasiado?

—No, no, pero daría cualquier cosa por un buen masaje. Nunca me he dado un masaje.

Jared se detuvo cuando llegaron a un barco restaurante con elegantes manteles de lino blanco.

—A ti te gustan los atardeceres y parece que hoy

vamos a tener uno precioso. ¿Te apetece cenar mirando al mar?

—Me encantaría.

Jared la llevó al barco, donde un miembro uniformado de la tripulación estaba colocando cubiertos sobre la mesa.

—Buenas noches.

—Buenas noches, he reservado mesa a nombre de Jared Sanderson.

—Enseguida, señor Sanderson.

—¿Tienes apetito? —le preguntó a Sophie.

Ella tenía el estómago encogido, pero no de hambre. Jared recordaba un comentario que había hecho una semana antes sobre los atardeceres... era masculino y romántico a la vez. Y ella tenía el vestido perfecto, de seda color azul mar, que había guardado en la bolsa de viaje en el último momento. Con la falda azul marino y la blusa de color crema arrugadas a causa de la humedad no estaba precisamente seductora.

—¿Ahora mismo?

—Sí, claro. Es la hora de cenar.

—Pero llevo la ropa del trabajo.

Jared la miró de arriba abajo, sus ojos como lava ardiente. Nunca se acostumbraría a esa mirada y cómo la hacía sentir: deseada, soñada, distraída, excitada.

—Relájese, señorita Buchanan, solo seremos nosotros y dos miembros de la tripulación. Y estás tan fresca como a las diez de la mañana —Jared le ofreció su mano—. ¿Subimos a bordo?

—Que suelten el ancla —bromeó ella.

¿Cómo iba a resistirse a esa sonrisa traviesa, a esos ojos ardientes?

Una fresca brisa le movía el pelo mientras tomaban una copa de champán en el puente. El aroma de las especias que salía de la cocina le despertaba el apetito mientras miraban el sol hundirse en el agua.

Unos minutos después se sentaron a la mesa.

—Ha sido un atardecer precioso —murmuró Sophie—. No hay nada como un sol tropical escondiéndose en el horizonte.

—Y tú quieres cambiarlo por la niebla de Londres.

—En Londres ya no hay niebla —dijo ella, mientras se colocaba la servilleta sobre el regazo—. Pero voy a echar de menos el trópico.

—¿Qué piensas hacer en Londres?

—Lo que hace todo el mundo: ir a los museos, pero sobre todo visitar el monumento a la reina Victoria, frente al palacio de Buckingham. Tenía un cuadro cuando era niña y siempre capturó mi imaginación. Supongo que habrás estado en Londres.

—No, aún no. Ni siquiera tengo pasaporte.

—Ah.

Entonces recordó que había sido el tutor de sus hermanas durante toda su vida adulta. Entre eso y el trabajo, tal vez no había tenido tiempo para viajar.

—Pues tienes que ir algún día.

Jared clavó los ojos en los suyos.

—Tal vez lo haga.

–Estoy deseando ver esa estatua con las alas de oro y mármol. Cuando esté allí, por fin habré logrado mi objetivo.

Por primera vez desde que conoció a Jared, empezaba a cuestionarse los motivos para irse de allí. ¿Tenía que dejar a todos aquellos a los que conocía y viajar al otro lado del mundo para cambiar de aires? No, pero quería ese viaje, lo necesitaba.

Lo había deseado durante tanto tiempo que si no lo hacía lo lamentaría para siempre.

Y no iba a cambiar nada por un hombre, ni siquiera por un hombre del que estaba enamorándose. Especialmente por un hombre del que estaba enamorándose. Irse a Londres era lo mejor que podía hacer, por ella y por Jared.

Unos minutos después, el camarero sirvió el primer plato: lomos de salmón en una cama de puré de cilantro, jengibre y lima para ella y un filete con salsa de champiñones y verduras para Jared. Era una cena estupenda y estuvieron varios minutos sin hablar, escuchando el ruido del agua golpeando el casco del barco.

–¿Y la gente? –le preguntó él de repente.

–¿La gente?

–Has dicho que echarías de menos este clima tropical, pero la gente, tus amigos, tu familia…

–También los echaré de menos.

Por primera vez empezaba a tener dudas, pero las apartó.

–En ese caso, tendremos que aprovechar al máximo el tiempo que nos queda –dijo Jared.

Todo a su alrededor pareció desaparecer hasta

que solo podía ver el brillo de sus ojos y notar el roce casi eléctrico de su mano.

—Sí, claro que sí.

—Volvamos al puerto —dijo él, haciéndole un gesto al camarero.

Jared tenía planes para el resto de la noche. Por fuera intentaba mostrarse sereno, pero por dentro sentía fuegos artificiales dispuestos a explotar en cuanto alguien acercase una cerilla.

Estaba deseando acariciarla y pronto, muy pronto, se enterraría en ella, satisfaciendo su deseo una y otra vez hasta que estuviera saciado...

Porque solo era deseo, ¿no?

Tuvo que apretar el volante mientras volvían a casa.

—Quiero enseñarte algo antes de entrar —le dijo, llevándola al jardín, el aire cargado del perfume de las flores.

Sophie se quedó boquiabierta. Sobre una manta colocada en el césped había una botella de champán en un cubo de hielo, la escena iluminada por lamparitas marroquíes, su intricada filigrana iluminando el jardín como un sueño.

—¿Qué es esto?

—Jared Sanderson, a tu servicio. Querías hacer el amor bajo las estrellas y aquí estamos —Jared hizo un gesto con la mano—. Total privacidad a la luz de la luna. No podíamos haber elegido una noche mejor.

Parecía una escena de película y el corazón a Sophie se le encogió.

—¿Pero cómo...? ¿Cuándo...?

–Es magia. Con ayuda de la moderna tecnología, claro –Jared la tomó entre sus brazos. Quería ir despacio la primera vez, pero tenerla tan cerca lo hacía perder la cabeza.

Nervioso, abrió la botella de champán mientras ella se llevaba una rosa a la nariz.

–Y bombones –murmuró, tocando una caja–. Esto es como un sueño.

Jared sonrió mientras le ofrecía una copa.

–Por los sueños.

–Por los sueños –Sophie tomó un sorbo de champán y luego sacó un bombón de la caja–. Vamos a compartir.

Mientras compartían el bombón sus ojos se encontraron.

–Esta noche quiero ver tu cara mientras tienes un orgasmo –musitó Jared.

Ella abrió mucho los ojos, sorprendida, su piel ardiendo como si tuviera fiebre.

–Entonces ¿a qué estamos esperando? –murmuró, echándole los brazos al cuello.

Jared buscó sus labios como un hombre hambriento; su sabor era como una droga.

Despacio, deliberadamente, le pasó una mano por el interior de los muslos, buscando la húmeda cueva. Estaba húmeda por él, y saber eso lo hacía temblar. Apartó el sujetador para morderle suavemente un pezón y la oyó contener el aliento mientras, sin darse cuenta, le tiraba del pelo.

Podía sentir su corazón galopando y se preguntó si ella podría oír el suyo, que nunca había latido de ese modo, con esa urgencia.

—Vamos a quitarnos la ropa.

—Sí.

Mientras la veía desnudarse, la sangre se agolpó en su erección. Lo dejaba tan hipnotizado que olvidaba hasta respirar. Fue ella quien le bajó los pantalones y los calzoncillos para ponerse en cuclillas frente a él.

Y si no hubiese estado transfigurado seguramente se habría caído al suelo cuando ella empezó a acariciarle los muslos con la lengua…

Su cara, sus labios, a un centímetro de la dolorosa erección. Podía sentir su aliento y le agarró el pelo tanto para sujetarse a algo como para detenerla. Porque si lo tocaba allí explotaría… y por tentador que fuera, no sería justo.

—Sophie… —Jared tiró de ella hasta que estuvieron uno frente al otro, mirándose a los ojos—. Más tarde —fue todo lo que dijo antes de tumbarla sobre la manta.

Capítulo Doce

—No quiero moverme nunca más —dijo Sophie, con la cabeza apoyada en el hombro de Jared.

—¿Ni siquiera para tomar un helado?

—Ni siquiera, estoy satisfecha.

Habían hecho el amor a la luz de la luna y luego en la habitación, sobre el edredón de seda. Y más tarde en la ducha.

—Pero —murmuró, haciendo un esfuerzo para levantar un dedo y pasar la yema por su pectorales—, si te apetece, no me importaría nada tomar un poco de helado.

—En el dormitorio no, vamos a la cocina. No quiero ensuciar la colcha.

—Hablas como un hermano mayor. ¿Tratas a todas tus novias como si fueran niñas pequeñas?

—Iba a decir que tomásemos el helado en la cocina… desnudos. Por cierto, ¿mis novias?

Sophie deseó no haberlo dicho.

—Pam me dijo que siempre salías con chicas diferentes, así que pensé que habías tenido muchas.

Jared enarcó una ceja.

—Pam se equivoca.

¿A quién debía creer Sophie?

—¿Entonces no sales con muchas chicas?

–Sí… no. La verdad es que no me acuerdo. No tiene importancia –Jared dejó escapar un suspiro de impaciencia–. No soy Casanova, si eso es lo que crees. No tengo tiempo para eso.

–¿Nunca ha habido nadie especial en tu vida? Alguien con quien hayas salido más de una vez.

–Bianca, pero eso fue hace mucho tiempo.

–Háblame de ella.

–¿Por qué? Es el pasado.

–Yo te he hablado de Glen, así que ahora te toca a ti. ¿Estabas enamorado de ella?

–¿Enamorado? –repitió Jared, como si estuviese hablando en un idioma extranjero–. No, éramos demasiado diferentes.

Sophie quería saber qué le había hecho decidir que Bianca no era para él. Cuál era su ideal de mujer.

–¿Por qué te sentiste atraído por ella? ¿Y por qué cambiaste de opinión?

–Cuántas preguntas.

–Solo es curiosidad.

–Solo curiosidad, ¿eh?

Ella miró su perfil mientras se ponía las manos en la nuca, pensativo.

–Éramos iguales en muchos sentidos. A los dos nos gustaba el aire libre y disfrutábamos de las mismas actividades, pero Bianca no quería que un hijo interrumpiese su vida y yo no podía vivir con eso.

A Sophie se le encogió el estómago. La razón por la que su relación con Bianca no había funcionado era la misma razón por la que nunca querría tener una relación con ella.

No tenía lo que un hombre esperaba de una esposa, lo que Jared necesitaba para casarse... acabaría sentando la cabeza y formando una familia. Y no lo haría con ella porque nunca podría darle hijos.

Desesperada por poner espacio entre ellos se sentó en la cama y buscó el camisón que había dejado sobre una silla.

—He cambiado de opinión. Me apetece un helado, pero no desnuda.

Se puso el camisón como si fuera una manta de seguridad y se dirigió al pasillo.

Esa conversación había sido un recordatorio de que sus vidas iban en distintas direcciones. Ella iba a marcharse al otro lado del mundo para ser independiente y vivir su sueño.

Era extraño como, de repente, no era ni la mitad de emocionante que unos días antes.

—Muy bien, vestidos entonces.

Al escuchar la voz de Jared, Sophie se volvió. Se había puesto los calzoncillos y estaba extrañamente serio.

—El helado está muy bueno —murmuró, sirviéndolo en dos cuencos.

—Es de mora —dijo Jared, con un brillo burlón en los ojos.

—Ya me he dado cuenta.

—Vamos a sentarnos en algún sitio, así podrás contarme qué te parece este sitio.

Le parecía estupendo cambiar de tema, pero le sorprendió que Jared fuera tan sensible. Tal vez porque siempre había estado rodeado de mujeres.

Se tiraron en el sofá, con las piernas enredadas, los pies sobre la mesa de café y el cuenco de helado en la tripa.

—Te has comprado una casa en Surfers para reformarla, me lo ha contado Pam.

—Sí, pero no tengo prisa. Por eso estamos aquí, me gustaron algunas ideas y quería verlas de cerca.

—¿Qué es lo que te gusta? —le preguntó Sophie, chupando la cuchara.

—La piscina al lado del dormitorio, por ejemplo. Si no puedo dormir, me gusta nadar.

—Es una idea muy peligrosa si hay niños en la casa —observó ella.

—Pero yo no tengo hijos.

—¿Y Arabella? En un año empezará a andar.

Jared frunció el ceño, pensativo.

—Tienes razón, no lo había pensado.

—Aparte de eso, la piscina es una idea estupenda.

—¿Alguna otra idea más?

—Me gusta que el salón sea tan amplio y que tenga las paredes de cristal, es casi como estar al aire libre.

—Hablando de maravillas arquitectónicas… —Jared le quitó el cuenco y lo dejó sobre la mesa de café— hay una en el dormitorio que aún no te he enseñado.

Y era una maravilla, desde luego.

Mucho después de que Jared se hubiera dormido, Sophie seguía mirando las estrellas, visibles desde una claraboya.

Estaban siendo mágicos esos días, pensó, suspirando. Con hombre de sus sueños. Literalmente.

–Tengo otro trabajo para ti, si quieres –le dijo Jared al día siguiente.

Habían llegado a la oficina después de comer y el trabajo se había acumulado en su ausencia.

–¿Qué clase de trabajo?

–Le prometí a Melissa que organizaría su fiesta de cumpleaños, pero he estado demasiado ocupado. Si quieres hacerlo, te seguiría pagando lo que ganas hasta la noche de la fiesta. Además, seguramente tú entenderás mejor lo que quiere mi hermana.

La expresión de Sophie se iluminó, pero enseguida frunció el ceño.

–¿Cuándo pensabas pedírmelo? Me marcho en un par de semanas.

Jared lo recordaba y era como una piedra en el zapato, una molestia constante.

–Estupendo, porque su cumpleaños es en dos semanas.

–¿Dos semanas de sueldo por organizar una fiesta de cumpleaños? Eso es muy generoso, gracias.

–Eres tú quien me ayuda, así que gracias a ti. Le he dado a Melissa una tarjeta de crédito. Úsala, gasta lo que necesites.

–Muy bien, suena divertido. Voy a dejarlo todo preparado para Pam antes de irme.

–Pam te lo agradecerá.

Trabajaban bien como equipo, se entendían y

respetaban el uno al otro. Podían ser profesionales cuando hacía falta, pensó Jared.

Y también podría tenerla desnuda sobre su escritorio en cinco segundos. Al fin y al cabo, la falta de profesionalidad también tenía su interés.

Eran las cinco y media de un viernes por la tarde y los empleados que no se habían ido estaban tomando un refresco en la cocina. Nadie iría a buscar al jefe.

«Cierra la puerta y baja las persianas. Por una vez, haz algo que nadie espera de Jared Sanderson».

—Sophie… —apenas reconocía su propia voz, y cuando ella entró en el despacho, vio un brillo de humor en sus ojos.

—Ni en sueños, Sanderson. En mi casa, en media hora. Y no me hagas esperar.

Jared sonrió.

—Estaré allí con una botella de vino.

Sacudiendo la cabeza, intentó concentrarse en el trabajo, pero era imposible. Qué demonios, decidió, apagando el ordenador. Merecía marcharse temprano por una vez.

Durante el fin de semana no dejó que el trabajo interrumpiese su tiempo con ella. Ni correos, ni mensajes de texto, ni llamadas.

Pasearon, fueron de compras, tomaron café frente a la playa admirando a los surfistas sobre sus tablas, merendaron en Hinterland, donde todo era fresco y verde.

Le enseñó el nuevo bloque de apartamentos en Broad Beach que pensaba reformar y en el que pensaba vivir algún día y la llevó a su casa, donde Lissa y ella charlaron como si fueran amigas de toda la vida.

Pero no se quedaba con ella por la noche. Temprano de madrugada dejaba su cálida cama para irse a casa. Sabía que no iba a engañar a su hermana, pero no era tanto por Melissa como por él mismo. De ese modo era más fácil recordar que aquello no era algo serio, que solo era algo temporal.

Una aventura con fecha de caducidad.

Solo era una aventura, se recordó Sophie cuando se despertó a las siete de la mañana. No le había pedido que se quedase cuando Jared se levantó a las tres de la mañana porque era una aventura, pensó. No tenía sentido acostumbrarse a despertar a su lado porque pronto tendrían que decirse adiós.

Suspirando, se levantó de la cama para ir al baño. Sin duda él ya estaría en la oficina y ella iba a reunirse con Melissa y Enzo para planear la fiesta de cumpleaños. Eso era lo que habían acordado.

Enzo estaba esperando cuando llegó. A esa hora, el restaurante estaba cerrado al público y las ventanas abiertas para disfrutar de la brisa del mar y el olor a café y cruasán recién hechos le despertaron el apetito.

Mientras esperaban a Melissa, Enzo le sirvió un café.

—¿Así que tú vas a organizar la fiesta?

—Imagino que Jared habría preferido un organizador de fiestas profesional, pero Pam vuelve esta semana a la oficina y me ha pedido que lo haga yo. Es muy amable por su parte, ya que me viene bien el dinero. Me marcho de Australia en unas semanas —Sophie frunció el ceño ante su falta de entusiasmo. Pero no tenía sentido, claro que estaba entusiasmada por irse.

Enzo asintió con la cabeza.

—Jared es un hombre muy bueno.

—¿Lo conoces desde hace mucho tiempo?

—Trabajó para Rico y Luigi hace años. Quería demostrar que podía cuidar de sus hermanas, ganar dinero y estudiar al mismo tiempo.

—Sí, Jared es así. ¿Quién es Luigi?

—Era el socio de Rico, un canalla. Mi hermano confió en él, pero Luigi amañó los libros de cuentas y se marchó con todo el dinero. Rico se arruinó y yo estuve a punto de arruinarme también porque intenté ayudarlo.

—Qué horror.

—Jared nos rescató. Para entonces, ya era un hombre rico y nos ayudó económicamente, así que estamos en deuda con él.

—Es una persona muy especial.

—Y le gustas, estoy seguro. ¿Has dicho que te vas de Australia?

—Sí, muy pronto.

—Tal vez deberías reconsiderar esa decisión. No querrás dejar que se te escape un hombre como Jared, ¿verdad?

Sophie hizo una mueca.

–Entre Jared y yo no hay una relación.

–¿Ah, no? ¿No estás interesada en casarte y tener hijos? Un pequeño Jared…

–No –lo interrumpió ella–. Yo… ah, acaba de llegar Melissa.

Melissa besó a Enzo y se sentó a su lado, apartándose el liso pelo rojo de la cara.

–Siento llegar tarde. Estoy encantada de que tú vayas a organizar mi fiesta, Sophie. Tal vez podríamos dejar que Enzo siguiera con su trabajo mientras nosotras buscamos ideas, ¿no te parece?

–Sí, claro, estupendo.

–Bueno, os dejo –se despidió Enzo–. Llamadme cuando me necesitéis.

–Tengo un par de sugerencias –empezó a decir Melissa, sacando un cuaderno del bolso.

–Estupendo –asintió Sophie, abriendo el ordenador–. ¿Qué clase de fiesta quieres?

Capítulo Trece

El resto de la semana pasó en un suspiro para Sophie. Había mucho trabajo que hacer para organizar la fiesta .

Jared y ella pasaban las noches juntos en su apartamento y si terminaba pronto de trabajar salían a cenar o al cine. Una noche incluso la sorprendió invitándola a una discoteca, donde descubrió que era un gran bailarín.

Siempre había algo nuevo con él, emocionante y excitante.

Pero durante todo ese tiempo tuvo que esconder sus emociones. Llegaría un momento en el que tendría que sacarlas y enfrentarse con ellas, y ese momento era como una tormenta en el horizonte.

El sábado por la tarde, Jared la llamó para decirle que Crystal e Ian iban a salir a cenar y él iba a quedarse cuidando de Arabella, de modo que se verían a las once, y cuando sonó el timbre a las siete, mientras planchaba una blusa, no estaba preparada para ver a Jared y Arabella en la puerta.

Al ver la cabecita de la niña apoyada en su pecho, el corazón se le encogió. Pero se mordió los labios porque no iba a llorar delante de él.

–¿Qué haces aquí?

–No conseguía que se durmiera y he pensado que un paseo en coche podría ayudar.

Arabella tenía los ojitos cerrados, los párpados tan frágiles que parecían casi transparentes. Sophie querría alargar la mano y tocar esa piel de seda, tomarla entre sus brazos y apretarla contra su corazón.

–A mí me parece que está muy tranquila –murmuró, dándose la vuelta.

–Ahora sí –dijo él, llevando la sillita de seguridad al sofá–. El movimiento del coche la ha hecho dormir.

–¿Entonces, cuál es el problema?

–Que despertó en cuanto apagué el motor y he estado paseando arriba y abajo durante quince minutos. Ha vuelto a dormirse hace un segundo, pero tengo la sospecha de que va a despertar en cuanto la ponga en la silla, y solo me queda un biberón.

–Entonces, no la pongas en la silla.

–Tengo que hacerlo para sacar sus cosas del coche. A menos que tú quieras tomarla en brazos...

–Intenta ponerla en la silla, a ver qué pasa.

Con cuidado, Jared la sentó en la silla y, por suerte, Arabella no despertó.

–Voy a buscar sus cosas, vuelvo enseguida.

Desgraciadamente, Arabella despertó en ese momento y empezó a llorar.

Sophie se dijo a sí misma que la niña estaba bien, que no le pasaba nada, pero Arabella seguía llorando y su llanto le rompía el corazón.

Tenía la carita arrugada y roja y movía las manitas como buscando ayuda... fue como si sus piernas se movieran por voluntad propia.

Sophie se puso en cuclillas frente al sofá y le agarró un dedito. Le gustaría tanto tocar esa piel de porcelana, tan suave, tan sedosa.

En cuanto lo hizo, la niña dejó de llorar. Sophie volvió a acariciarle la carita, inclinándose un poco más para olerle el pelo.

—No llores, cariño —murmuró, cantándole una nana en voz muy baja. Arabella parecía como en trance, abriendo la boquita y mirándola fijamente.

Sophie tuvo que morderse los labios para contener las lágrimas. ¿Por qué era el destino tan cruel? Dar tal regalo y al mismo tiempo robarte la posibilidad de tener hijos. No era justo.

Pero seguía siendo una mujer, se recordó a sí misma. Jared se lo había demostrado. Él la había hecho sentir una mujer, femenina y deseada.

Pero mientras miraba a la niña, las dudas volvieron. ¿Seguiría sintiendo lo mismo por ella si supiera la verdad? Ser rechazada de nuevo, ver al hombre del que estaba enamorada mirarla con desdén... no, no podría soportarlo.

Jared se detuvo en la puerta, sorprendido. Sophie estaba inclinada sobre Arabella con la cara enterrada entre las manos.

—¿Sophie?

Ella se dio la vuelta, intentando disimular.

—Ahora parece más calmada —logró decir—. Es tan preciosa.

En ese momento, Jared vio el futuros.

Un futuro que incluía a Sophie, un hogar, hijos.

¿Un hogar, hijos? Él no estaba preparado para eso. Y tal vez ella tampoco.

–Sophie…

–Lamento tener que irme, pero no te esperaba –lo interrumpió ella–. He quedado con unas amigas para tomar un café. Como no ibas a venir hasta las once… pero puedes quedarte si quieres.

–No me habías dicho que fueras a salir.

–No sabía que tuviéramos que darnos explicaciones.

–¿Crees que estoy celoso?

–No, déjalo. Vamos a disfrutar estos últimos días, ¿de acuerdo?

–Muy bien –respondió él, colocándose al hombro la sillita.

–Pásalo bien. Yo volveré a las once.

Pero antes de salir, en los ojos de Sophie vio un brillo de angustia que no entendía.

Las dos y veinte. Estaba paseando por la playa, desconcertado.

¿Por qué iba a dejar que su problema con los niños se interpusiera entre ellos? Debía disfrutar de lo que tenía. ¿No era eso lo que importaba en una relación corta?

Evidentemente, eso era lo único que quería Sophie. Y lo que se había dicho a sí mismo que quería. Era perfecto, ¿no?

Se volvió al coche, ignorando la sensación de vacío en el estómago, pero en lugar de arrancar golpeó el volante con las manos. No, no era perfecto. ¿Solo pasar un buen rato?

Ella estaba a punto de marcharse para vivir su vida en otro continente. ¿Y quién era él para entorpecer sus planes? Además, no se iba al fin del mundo, y volvería tarde o temprano. Estaba seguro.

Durante esas semanas, Sophie había llevado alegría a la que, debía reconocer, se había convertido en una existencia aburrida.

Le había hecho el amor en el mar, en el centro de una plantación de nueces, viendo el reflejo verde de los árboles en sus ojos, en el jardín, en la ducha. Se había reído más que nunca porque era más divertido reír cuando compartía la risa con ella.

De vez en cuando recordaba que se iba y una sombra ocultaba el sol.

Jared se pasó una mano por el pelo. Por segunda vez en su vida se había enamorado, pero lo que sentía por Sophie no se parecía a lo que había sentido por Bianca.

Era más profundo, tanto que tocaba su alma. Un sentimiento lo bastante poderoso como para sacudir su mundo… nunca había experimentado algo así.

A pesar de ello, no estaba dispuesto a comprometer sus sueños. Bianca no quería el mundo que había creado para sí mismo y sus hermanas, de modo que adiós a Bianca, así de simple.

Había algo en Sophie que no cuadraba y no podía decir qué era.

***

El domingo por la mañana, Sophie despertó con la luz del sol entrando por la ventana. Jared no había aparecido, aunque lo había esperado despierta hasta las cuatro de la mañana...

Tenía los ojos hinchados, la nariz tapada de tanto llorar y un agujero en el pecho.

No sabía si su relación con Jared se había roto, por qué no había ido o qué estaba pensando, pero tenía muchas cosas que hacer. Debía decidir qué iba a llevarse con ella y tirar el resto o regalarlo.

Podría llamar a Jared para pedirle disculpas por su comportamiento el día anterior. Había visto un brillo de decepción en sus ojos cuando mencionó lo de no dar explicaciones...

Acababa de hacerse un té cuando él llamó al timbre. Apoyado en el quicio de la puerta, sin afeitar, con el cabello despeinado y los ojos enrojecidos, parecía no haber pegado ojo en toda la noche.

Era el hombre más atractivo que había visto nunca, pensó, dando un paso atrás para dejarlo entrar. Olía a mar y a sueños imposibles...

–Te he echado de menos.

No había querido decirlo, pero las palabras salieron de su boca sin que pudiese evitarlo.

Sin decir nada, Jared sencillamente se apoderó de sus labios. Posesivamente, con una pasión casi furiosa.

Sintió la fuerza de los rígidos brazos que la sujetaban, el sólido cuerpo contra el que la aplastaba. Pero, de repente, la soltó con tal vehemencia que estuvo a punto de caer hacia atrás.

–Tenemos que calmarnos –dijo, metiendo las manos en los bolsillos de los vaqueros–. Esto es demasiado intenso y no es lo que necesito ahora mismo. Y tú tampoco.

Lamentaba el beso y la falta de control. Saber eso era doloroso para Sophie, pero era lo mejor y tenía razón, debían distanciarse un poco. En una semana, el hombre al que amaba y ella estarían a miles de kilómetros de distancia.

No iba a cancelar el viaje, lo necesitaba más que nunca. No iba a intentar convencerlo de que lo suyo podría ser algo más que una corta aventura. No iba a decirle cosas que él no quería escuchar: que no solo quería ser su amante sino su esposa, la madre de los hijos que obviamente él quería tener y esperaría de un matrimonio…

Ella no podía darle una familia y tampoco podía arriesgarse a ver un brillo de decepción en sus ojos cuando se lo dijera.

Debía marcharse, decirle que había sido divertido, pero debía empezar a preparar el viaje. Irse a Brisbane durante esa última semana y no volver a verlo.

Pero no podía decepcionar a Melissa, y Jared había pagado el trabajo por adelantado.

Además, ella nunca había sido de las que se rendían, y pensar en no volver a verlo era demasiado doloroso.

–¿Qué intentas decir?

En lugar de responder, Jared la tomó en brazos para llevarla al dormitorio como un hombre impaciente tomando algo que le pertenecía.

No hablaron, solo hicieron el amor de una manera desesperada, que satisfacía la carne, pero no resolvía nada.

Jared la deseaba en ese momento, toda ella, en cuerpo y alma, con una urgencia que no había sentido nunca.

Y ella se lo dio todo, borrando dudas y preguntas y provocando una oleada de emociones que apenas podía controlar.

Después, la retuvo entre sus brazos, respirando el aroma de su pelo.

No recordaba nada de lo que había decidido antes de llegar allí. Una sola mirada cuando abrió la puerta y lo único que podía pensar era «estoy en casa».

Lo único que sabía era que la deseaba en todos los sentidos, costase lo que costase. Fuera cual fuera el sacrificio, el riesgo.

¿Pero cómo respondería ella si le abría su corazón? ¿Estaría dispuesta a hacer sacrificios, a arriesgarse con él? ¿Estaba preparado para descubrirlo?

Capítulo Catorce

El sábado por la noche, Sophie estaba terminando de arreglarse frente al espejo. Había elegido un precioso vestido de color zafiro que le dejaba un hombro al descubierto, aquella era la noche de Melissa.

La última semana había sido muy ajetreada. Había guardado en cajas lo que no iba a llevarse y el resto estaba en dos maletas abiertas en el suelo del salón.

Esos días le habían dado la oportunidad de conocer mejor a Melissa, una chica compleja que adoraba a su hermano a pesar de que, según ella, la controlaba demasiado.

Sophie entendía que quisiera ser independiente. Tener un hermano tan protector aunque estupendo por un lado podía ser agotador. Lissa quería su propio apartamento, y Jared necesitaba intimidad.

Sophie estaba de acuerdo, pensó mientras se ponía unos aros de plata en las orejas. Pero Melissa sabía que se iba... entonces ¿por qué la sonrisa conspiradora cuando mencionó la necesidad de intimidad?

¿Pensaba que Jared y ella eran novios?

Habían acordado que Lissa se quedase con su apartamento. El propietario estaba de acuerdo y Jared había aceptado lo inevitable con alguna reserva. Todo el mundo estaba contento… salvo ella.

Estaba feliz, se dijo, sonriendo frente al espejo para demostrarlo. ¿Por qué no iba a ser feliz cuando estaba a punto de empezar el viaje con el que había soñado toda su vida?

Por Jared.

Jared, con esa adorable arruguita en la mejilla y esos ojos verdes que hablaban de secretos que no iba a compartir con ella.

Jared, que le había hecho un precioso regalo: hacer que se aceptara a sí misma, que creyera en sí misma. Por eso, después de hablar con Melissa, y con la aprobación de Crystal, Sophie había organizado una sorpresa que esperaba Jared reconociese por lo que era.

Aunque Melissa quería ser independiente, Jared seguía siendo el hermano mayor y recordaba una conversación en particular…

–Imagino que es tan protector porque eres la pequeña –había dicho Sophie–. Cuando tu padre murió, Jared ocupó su lugar.

–No, mi padre no quería saber nada de mí porque no era su hija biológica. Mi madre tuvo una aventura y lo descubrió tras su muerte... Siempre fue muy frío conmigo y, como resultado, yo me portaba fatal. Quería atención porque me sentía sola.

Sophie le tocó la mano.

–Pero Melissa…

136

–Lo sé, tengo suerte. Jared me defendía. Siempre intentaba protegerme cuando mi padre iba a pegarme.

–¿A pegarte?

–Sí.

Melissa no quería parecer desagradecida o herir los sentimientos de Jared, pero tenía que vivir su vida. Y estaba preocupada porque Jared trabajaba demasiado.

Había algunas mujeres en su vida, pero no a menudo, y nunca salía con la misma más que un par de veces. Necesitaba una mujer de verdad, decía. Una mujer que lo hiciera sentar la cabeza y formar una familia.

Según Melissa, no lo hacía porque seguía sintiéndose responsable de ella, pero tal vez vería las cosas de otra manera si ya no vivían juntos.

Tener un apartamento propio era buena idea, pensaba Sophie mientras se dirigía a Enzo's. Un sitio propio le daría independencia y estaría a diez minutos de la casa de Jared. Además, Pam vivía en el mismo edificio si necesitaba algo.

Y Jared podría seguir adelante con su vida.

Pero no iba a pensar en ello esa noche porque estaría demasiado ocupada organizando la fiesta y haciendo que todo el mundo lo pasara bien.

Jared movía a Sophie por la pista de baile. Era una canción rápida, pero ellos se movían a su propio ritmo, mucho más lento.

La pista de baile estaba en el jardín del restaurante, con linternas de colores que bailaban con la brisa.

–Lo has hecho muy bien –le dijo Jared al oído–. No has parado de trabajar y te lo agradezco.

Sophie miró por encima de su hombro. Pam estaba en una esquina charlando con un compañero; Crystal e Ian se habían ido unos minutos antes con Arabella y la invitada de honor, Melissa, estaba riéndose con sus amigas.

–De nada. Te agradezco la oportunidad. Además, lo he pasado muy bien.

Todo el mundo parecía estar pasándolo en grande y Jared, como siempre, estaba irresistible con su traje de chaqueta y su corbata plateada.

–Creo que ya podemos irnos –murmuró, inclinando la cabeza para buscar sus labios en un beso lleno de promesas.

Y ella quería que las cumpliese todas.

–Pero solo son las doce y la fiesta es mi responsabilidad. Tengo que…

–Complacer al hombre que te ha pagado –la interrumpió él, deslizando un tirante del vestido por su hombro.

–Pero Lissa…

–Te dará las gracias por la fiesta y dirá que lo pasemos bien el resto de la noche. Esas jovencitas no quieren viejos molestando.

–Sí, claro, tú estás decrépito.

–Para mi hermana y sus amigas, desde luego.

Jared tomó su mano y la llevó hacia el grupo para despedirse.

Sophie sabía por qué insistía en que se fueran:

era su última noche juntos. Al día siguiente se iría a Sídney para tomar el avión que la llevaría a Londres.

Pero cuando Jared arrancó el coche, no tomó la dirección de su apartamento.

—¿Dónde vamos?

—Espera y lo verás.

Unos minutos después, se detenía frente a un conocido hotel de cinco estrellas.

—¿Vamos a dormir aquí?

—Me ha parecido buena idea —respondió él, con un brillo de deseo en los ojos.

No habían pasado una noche entera juntos desde Noosa, pero tal vez no era buena idea. Tal vez era peligroso.

Y demasiado irresistible como para decir que no.

—Tenemos toda la noche —susurró Jared, deslizando un dedo por sus labios.

—Pero no he traído…

—Créeme, no vas a necesitar nada.

—Pero mañana…

—Lo tengo todo solucionado —volvió a interrumpirla él, sacando una bolsa de aseo del asiento trasero—. Pam ha guardado todo lo necesario.

—Oh, Pamela, Pamela, ¿tú también estás en esto?

Su amiga no le había dicho una palabra.

—¿Te parece bien?

Sophie asintió con la cabeza.

—Sí, claro.

Una mujer que olía a sándalo y exudaba serenidad los recibió en la puerta del hotel con una sonrisa cómplice.

—Buenas noches, Sophie.

—Buenas noches —respondió ella, sorprendida.

—Es una forma de darte las gracias por tu trabajo —dijo Jared—. En este hotel está el mejor spa de la ciudad.

—Pero…

—Esperaré hasta que termines. Gracias, Aimee, te debo una. Espero que la tratéis bien.

—No lo dudes.

Sophie pasó la siguiente hora y media en el spa del hotel siendo tratada como una celebridad: masaje corporal y facial, aromaterapia, manicura…

Cuando terminó, Aimee le dio un lujoso albornoz con el logo del hotel y la acompañó hasta un ascensor privado que llevaba a la suite.

Cuando las puertas del ascensor se abrieron en la suite, Jared estaba esperándola con un albornoz a juego y a la luz de las velas. Montones de velas, gruesas, delgadas, blancas, de colores, velas por todas partes.

—Oh, Jared… esto es demasiado.

—Ya te dije una vez que nunca se tiene demasiado de algo bueno —murmuró él, inclinando la cabeza para buscar sus labios—. Hueles de maravilla.

—Me siento de maravilla —Sophie le echó los brazos al cuello.

La vista desde la ventana era tan seductora como el hombre que estaba tras ella. Sophie vio su reflejo en el cristal mientras servía dos copas de champán, murmurando con voz seductora:

—Sabes que no llevo nada debajo del albornoz.

Unas manos grandes le apretaron los hombros.

—Contaba con ello —dijo él, mientras le desataba el cinturón del albornoz para besarle uno de los hombros y luego el otro antes de tomar una de las copas—. Por las fantasías.

—Por las fantasías. Tú has hecho la mía realidad y no sé cómo...

—Calla —Jared le quitó la copa de la mano y no dejó de mirarla a los ojos mientras la llevaba a la cama. Era su última noche, su última vez.

Sophie se puso de rodillas en el centro del colchón y él hizo lo mismo, despacio, como si tuvieran todo el tiempo del mundo. Ninguno de los dos dijo nada, pero no tenían que hacerlo, porque todo estaba en sus ojos: sus emociones, sus deseos, su pena porque el tiempo había terminado.

Era una noche diferente, Jared lo sintió en cómo lo tocaba Sophie, como intentando memorizar sus rasgos.

Y él estaba haciendo lo mismo. La besaba como si quisiera recordar su sabor para siempre.

Se colocó sobre ella, apoyándose en los codos para mirarla. Casi se rindió a lo inevitable. ¿Era el momento de decirle que sus sentimientos por ella eran profundos? ¿Pedirle que su relación fuera permanente? ¿O decirle que podrían verse en París, por ejemplo? Un fin de semana de amor.

Sophie gimió mientras se deslizaba en ella, acariciándole la mejilla. Era tan perfecto...

Tal vez era el momento de decirle que había cambiado de opinión, que ya no quería irse. O que volvería en un mes porque no podía vivir sin él. Podría pedirle que se tomara unos días de vacaciones para ir con ella a Londres y luego sorprenderlo volviendo a Australia. A su cama, a su casa, a su vida.

Pero no; era la emoción de la noche.

Sophie tenía las manos heladas. Era un día cálido, pero tuvo que frotárselas mientras esperaba al lado de sus maletas, mirando el apartamento que había sido su hogar durante cuatro años.

Dos lágrimas rodaron por su mejilla. Cuando estuviera lista, cuando fuese lo bastante fuerte, lo bastante valiente, lo escribiría todo. Empezaría un libro de memorias en lugar de un diario de sueños porque ya no necesitaba esa muleta. Jared la había enseñado a aceptarse a sí misma, le había devuelto la autoestima.

Pero no podía ser la mujer que él necesitaba.

Llegaría en cualquier momento para llevarla al aeropuerto, pero ella ya no estaría allí porque había pedido un taxi. No quería despedidas.

Dio un respingo al escuchar el timbre. Abrió la puerta y sus ojos se encontraron con los de Jared.

—El portal estaba abierto —dijo él, a modo de saludo.

Sophie se aclaró la garganta.

—Llegas muy temprano.

Jared se pasó una mano por la cara.

—Quería hablar contigo antes de llevarte al aeropuerto —respondió.

–Creo que…

–Sophie –la interrumpió él–. Sé que no es el mejor momento y tal vez tú no quieras oírlo, pero no puedo dejar que te marches sin decírtelo. Sé que este viaje es uno de los objetivos de tu vida, y si no lo haces lo lamentarás siempre. Por nada del mundo querría pisotear tus sueños, pero estaba pensando, en fin, soñando que tal vez tú y yo podríamos…

–No, por favor –Sophie se levantó de un salto.

–Espera. Tengo que decirte algo.

–Yo también. No puedo tener hijos, Jared –las palabras se le atragantaron–. Así que fuera lo que fuera lo que ibas a decir, no lo hagas.

Él la miró con cara de sorpresa.

–Sophie, cariño…

–No quiero oírlo.

–Muy bien, necesito un minuto –murmuró Jared, como si le costase respirar.

Ella lo sabía; sabía que le costaba respirar porque estaba buscando la manera de decir que había cambiado de opinión, que se había salvado del nudo que había estado a punto de colocarse al cuello.

–Debería habértelo dicho antes –musitó. O tal vez no debería habérselo contado nunca–. Me he enamorado de ti, Jared. De tu lealtad, de tu sentido del deber, de tu integridad. Y tú me has dado un precioso regalo: me valoras como empleada, me deseas como amante, me respetas como mujer. Me has dado fuerzas para creer en mí misma, pero yo no puedo darte lo que tú deseas.

–Deja que eso lo juzgue yo, ¿no? Soy yo quien decide lo que quiere.

–¿Es que no te das cuenta? Quiero ahorrarte esa decisión –el ruido de un claxon anunció la llegada del taxi–. Tengo que irme, el taxi está esperando.

–Pero... espera un momento –Jared se levantó para tomarla del brazo–. Voy a llevarte al aeropuerto.

–No, por favor. No me gustan las despedidas. Es mejor así.

–¿Entonces sueltas esa bomba y te marchas sin darme la oportunidad de decir nada?

–No hay nada que decir. Las cosas son como son.

Sonó el timbre y Sophie se dirigió a la puerta.

–Son esas dos maletas –le indicó al taxista mientras.

Él estaba tan desconcertado que casi olvidó lo que llevaba en el bolsillo.

–Es un regalo de despedida. No lo abras hasta mañana, cuando estés en el avión.

–Ah, gracias –los ojos de Sophie se llenaron de lágrimas–. Yo también te he dejado algo con Melissa. Está en casa, esperándote. Adiós, Jared –murmuró, antes de besarlo.

Poco después, Jared miraba un perro blanco y negro en los brazos de Melissa, con un collar rojo en el delgado cuello.

–¿Qué hace ese chucho aquí?

—Es Angus, y el pobre viene de la perrera. Tiene un año, así que ya no es un cachorro. Está entrenado para hacer pipí y caca fuera de casa y necesita un hogar —Melissa lo puso en sus brazos—. Es tuyo. Es el regalo de Sophie. Será tu compañero ahora que estás solo, pero tendrás que volver antes a casa, no estar todo el día en la oficina. Sophie ha dejado comida, una cama, juguetes y una carta para ti —Melissa le ofreció un sobre y se dio la vuelta discretamente.

Jared sacó un folio del sobre y empezó a leer:

Querido Jared,

Angus es mi regalo de despedida. En cuanto lo vi en la perrera mi búsqueda de un compañero para ti terminó. Ahora tendrás que encontrar tiempo. Y, a cambio, prometo que Angus te dará total lealtad y amor incondicional.

Sophie

Capítulo Quince

Sophie encontró trabajo en un pub en Londres. Ser camarera no era su objetivo en la vida, pero el puesto incluía comidas y habitación y, por el momento, era suficiente.

Además, el trabajo la mantendría ocupada y no podría pensar en Jared a todas horas, se decía mientras subía a la habitación que compartía con dos australianas y una chica de Filadelfia.

Sus compañeras de habitación se habían ido de fiesta, pero ella estaba demasiado cansada y deprimida, de modo que después de ducharse se puso un pantalón de chándal y una camiseta y se metió en la cama. Leer sus correos y decirse que no esperaba que Jared se pusiera en contacto con ella se había convertido en un ritual nocturno, pero cada noche abría el correo con la misma anticipación... y se moría de pena cuando no veía su nombre. Había recibido un par de correos de Pam, pero no contaba nada de la oficina ni de Jared. Melisssa tampoco le hablaba de su hermano, Angus había engordado, pero no mencionaba a su dueño.

Sophie cerró el ordenador y acarició el cuaderno que Jared le había regalado. En la primera página había escrito: «Para Sophie, que todos tus sueños se hagan realidad». En ese cuaderno escribía sus fantasías, en las que Jared y ella se casaban, tenían hijos y eran una familia feliz.

Sueños imposibles que nunca se harían realidad.

–Pam –Jared salió de su despacho como una tromba a las cuatro de la tarde–. El informe del hotel de Surfers debería estar aquí desde el lunes. Llámalos y diles que…

–Tranquilo –lo interrumpió ella–. Estás asustando a Mimi, por no hablar del pobre Angus.

Jared miró la bolita blanca y negra que lo miraba desde su cesta. Él no quería perros en la oficina, pero esa tarde había sido inevitable.

–No pasa nada, chico, vuelve a tus sueños de cachorro. Liss vendrá a buscarte enseguida.

Pam sacudió la cabeza.

–Dejé el informe en tu escritorio el lunes por la tarde.

Jared se pasó una mano por el pelo.

–¿Y dónde demonios está?

–Búscalo, estará en algún sitio.

Su escritorio estaba oculto bajo una montaña de papeles. Por primera vez en su vida no era capaz de concentrarse en el trabajo. No podía pensar en nada más que en Sophie.

Habían pasado tres semanas desde que se fue, tres horribles semanas en las que no podía dejar de recordarla. Tres largas semanas en las que no había podido dormir ni comer.

Jared abrió un cajón del escritorio, pensando que tal vez había metido allí el informe sin darse cuenta. No estaba y volvió a cerrarlo.

Había tenido oportunidad de decirle lo que sentía y no lo había hecho.

Sophie lo amaba, ella misma lo había dicho. Y también le había dicho que no podía tener hijos.

Jared golpeó el escritorio y un sobre cayó al suelo. Su pasaporte.

Pam apareció entonces en la puerta y no parecía contenta.

—Cierra la puerta, quiero hablar contigo. ¿Qué tal hacer de jefa durante unos días?

Luego levantó el teléfono para llamar a Lissa.

—¿Podrías cuidar de Angus durante unos días? Me voy de viaje.

Sophie abrió el ordenador un par de noches después y vio el correo que había esperado y temido al mismo tiempo. Parpadeó para asegurarse de que no lo había imaginado, pero allí estaba: Jared Sanderson, con un documento adjunto.

Emocionada y desesperada al mismo tiempo, abrió el correo. No había escrito nada en el mensaje, y cuando abrió el archivo adjunto en la pantalla apareció un arcoíris. De fondo, una música suave, dulce.

Sophie tuvo que cerrar los ojos para contener las lágrimas. Sí, Jared sabía cómo emocionarla.

La música terminó y en la pantalla aparecieron unas palabras:

Anoche tuve un sueño. Era martes, a las diez de la mañana, lo recuerdo porque vi la hora en el reloj. Estaba bajo el monumento a la reina Victoria, frente al palacio de Buckingham, esperándote. El cielo estaba cubierto de nubes, pero seguía siendo un sitio mágico, como tú habías dicho.

Y pedí un deseo. En el sueño, las nubes se disolvieron y el mundo entero empezó a brillar. Y cuando me di la vuelta, ahí estabas tú, caminando hacia mí con una sonrisa en los labios. Yo apenas podía respirar...

Sophie tampoco podía respirar.

Al día siguiente era martes.

Entonces lo entendió. Pero no, no podía ser. No era posible. Jared no estaba en Londres y no iba a estar esperándola frente al monumento a la reina Victoria al día siguiente. Eso no iba a pasar. Era mentira, un sueño.

¿Y si Jared de verdad estaba allí? ¿Y si había ido a verla? ¿De verdad habría dejado el trabajo y habría dado la vuelta al mundo solo para verla?

Tal vez solo era un sueño, pero el corazón le decía que confiase.

¿Y si...?

Jared dejó de pasear bajo el monumento a la reina Victoria y miró su reloj por tercera vez en cinco minutos. Si no aparecía pronto iba a hacer un agujero en el pavimento.

Los turistas se movían a su alrededor, haciendo fotos, disfrutando de la fresca mañana londinense.

Olía a otoño y a tierra mojada, un par de niños corrían por la calle…

¿Habría leído el correo?, se preguntó por enésima vez. Tal vez no abría el correo todos los días. Tal vez no había entendido el mensaje.

Tal vez lo había borrado sin leerlo.

No, imposible, Sophie iba a aparecer.

Y como si esas palabras la hubieran conjurado, allí estaba.

Dirigiéndose hacia el monumento con las manos en los bolsillos de un abrigo de color marrón rojizo. Llevaba unas botas negras y una gorra de color crema, y Jared la miraba como si fuera un pastel para un hombre que había estado a dieta toda la vida.

Cuando sus miradas se encontraron, Jared tuvo que respirar profundamente. Ella vaciló un momento y luego apresuró el paso.

Allí estaba, sonriéndole. Respiró su familiar perfume antes de tomarle la cara entre las manos para perderse en esos ojos de color ámbar.

La besó sin parar, apretándola contra su pecho. No quería soltarla nunca.

—Jared —empezó a decir—. Recibí tu correo…

—Vamos a algún sitio a hablar —sugirió él.

—Al parque St. James —dijo ella.

Fueron de la mano, charlando. Su trabajo le encantaba, había visto la famosa Torre de Londres y la abadía de Westminster y había estado en Brighton unos días. Jared le contó que Melissa estaba encantada con su nuevo apartamento, que Angus había engordado y era un personaje…

Pero en lo único que podía pensar era en cuánto la había echado de menos y la deseaba.

Había adelgazado y parecía cansado. Y nervioso, como ella.

—Sophie... —empezó a decir, apretando sus manos—. Te quiero. Siempre te he querido. Y sabiendo que tú sientes lo mismo, quiero hacerte una pregunta —siguió Jared—. La pregunta más importante que voy a hacer en toda mi vida. Sophie Buchanan, ¿quieres casarte conmigo?

Sus ojos verdes eran tan tiernos, tan sinceros, que a Sophie se le rompió el corazón.

—No puedo.

Jared se inclinó hacia ella.

—Dijiste que me querías. ¿Ya no me quieres?

—No es eso... Tú quieres tener hijos y yo no puedo dártelos. Tú mismo me dijiste que habías roto con Bianca por eso.

—¿Eso es lo que has pensado? —Jared sacudió la cabeza—. Rompí con Bianca porque no quería saber nada de mi hermana Melissa, que entonces era una cría.

—Oh... —el corazón de Sophie empezó a galopar.

—¿Hay alguna otra razón? Porque si no es así, voy a pedirte otra vez que te cases conmigo.

—Pero no intentaste detenerme, no me pediste que me quedase.

—Porque estaba luchando contra mis sentimientos. Además, sabía cuánto deseabas hacer este viaje y no quería ser un impedimento. Después de lo que me dijiste, necesitaba tiempo para pensar

–Jared sacudió la cabeza–. Me pregunté a mí mismo si quería tener hijos sin ti y la respuesta era: no, nunca. Tú eres mi vida, Sophie.

Ella ya no podía contener las lágrimas, que le rodaban por las mejillas.

–Sé cuánto te gustan los niños y sé también que serías un padre estupendo. Pero yo no puedo tenerlos…

–No podemos tener hijos, en plural. Es algo compartido.

No podría tener hijos y Jared lo sabía. Y, sin embargo, había ido hasta allí para pedirle que se casara con él. Porque la amaba.

–¿Perdiste un hijo? –le preguntó él–. ¿Es por eso por lo que no querías tomar en brazos a Arabella?

Ella suspiró, intentando deshacer el nudo que tenía en la garganta.

–Yo siempre había querido hijos y Glen, mi marido, también. No me quedaba embarazada, así que me hice unas pruebas y el médico me dijo que no podría concebir de forma natural. Y solo tenía veintiún años. Pero entonces ocurrió un milagro, me quedé embarazada. Fue un embarazo ectópico y después de la operación las posibilidades se redujeron a la mitad. Prácticamente a cero.

Jared le apretó la mano.

–¿Y qué pasó?

–Glen quería ser padre y yo solo era una mujer a medias…

–No digas eso.

–No lo digo yo, lo dijo él.

–Menudo canalla –masculló Jared, airado–. ¿No buscasteis otras alternativas?

Ella negó con la cabeza.

–Glen no quería pagar ese dinero sin tener garantías. Un divorcio era más rápido y más barato.

–Yo no soy Glen –dijo Jared, mirándola a los ojos.

–Lo sé, pero te he visto con Arabella y sé lo maravilloso que eres con los niños. Sé que quieres tener hijos propios…

Él negó con la cabeza.

–Es posible que no podamos tener hijos, pero aún no lo hemos intentado siquiera. Tú has hablado de un milagro… podría volver a ocurrir. Y si no es así, hay otras alternativas. Y si todo fallase, siempre podemos adoptar. Hay muchos niños que necesitan un hogar, Sophie. Recuerda que ya no estás sola. Somos un equipo, lo único que tienes que hacer es casarte conmigo.

–¿Lo dices de corazón?

–No pongas esa cara de sorpresa, cariño –Jared sonrió, acariciándole la mejilla–. Con todo mi corazón, con toda mi alma y con todo lo que tengo.

–Yo también te quiero y no puedo vivir sin ti, pero he tardado tantos años en llegar aquí. Llevaba tanto tiempo soñando con este viaje.

–Y yo he decidido tomarme unas vacaciones. Me las merezco, ¿no crees? Y tengo una estupenda suite en uno de los mejores hoteles de Londres, con vistas al Támesis y a diez minutos de tu trabajo. Eso si sigues queriendo trabajar, claro. ¿No preferirías viajar por Europa?

–Oh, Jared….

Un mundo se abría ante sus ojos, un mundo con Jared Sanderson a su lado.

–No tienes que estar sola, Sophie, ya no. Deja que yo sea parte de tus decisiones, vamos a hacer planes juntos: París, Roma, Florencia, donde tú quieras ir. Mientras volvamos juntos a casa después.

A casa.

Sophie se dio cuenta que eso era lo que quería, más que nada en el mundo: tener a aquel hombre, el hombre del que estaba enamorada, compartir su vida, los buenos y los malos tiempos. Podría mantener su independencia, sabía que Jared la apoyaría.

Lo miró a los ojos, en su mirada había un mundo de amor.

–Sí –murmuró, con firmeza–. Sí, me casaré contigo.

Epílogo

Dos años después

Sophie miraba por la ventana de la cocina mientras removía la salsa para el tradicional cordero asado.

Le encantaban esas perezosas tardes de domingo con toda la familia allí. Lissa y Jared estaban jugando a la pelota con la pequeña Arabella mientras Angus corría alegremente entre sus piernas y Crystal e Ian miraban bajo una sombrilla.

Llevaban en Australia veintitrés meses porque Sophie no había tardado mucho en dejar el trabajo para estar con Jared. Habían hecho un viaje por Reino Unido, Francia e Italia, pero al final solo querían volver a casa y convertirse en marido y mujer. Además, Jared no podía dejar su trabajo por más tiempo.

Vivían en una preciosa casa con un enorme jardín y mucho espacio.

Por suerte, los milagros podían ocurrir dos veces. Había tardado algún tiempo y sufrido varias decepciones, pero… Sophie se llevó una mano al hinchado abdomen mientras veía a Jared tomar a su sobrina en brazos. El gran milagro de la fecundación artificial les había dado una segunda oportunidad.

En ese momento Jared miró hacia la ventana y la saludó con la mano. Sophie lo vio dejar a Arabella en el suelo y dirigirse a la casa. Veinte segundos después estaba detrás de ella, las manos unidas sobre su hijo aún por nacer. Estaba de dieciséis semanas y todo iba bien.

De hecho, no se había sentido más sana en toda su vida.

—¿Qué tal si les damos la buena noticia? —murmuró Jared—. No creo que pueda esperar hasta después de comer.

—Yo tampoco —Sophie sonrió mientras se quitaba el delantal—. Vamos a empezar la celebración.

Jared le tomó de la mano para llevársela a los labios, murmurando:

—¿Te he dicho hoy cuánto te quiero?

—De tantas maneras —respondió ella, besando sus manos unidas.

Y juntos salieron al jardín, al sol.

PELIGROSO CHANTAJE

DANI WADE

Aiden Blackstone se había labrado su propio éxito evitando dos cosas: el regreso a su pueblo natal y el matrimonio, hasta que las maquinaciones de un abuelo controlador y autoritario lo obligaron a hacer esas dos cosas en contra de su voluntad. Pronto descubrió que Christina Reece no era una simple novia de conveniencia. Ella deseaba prolongar su unión más allá del año acordado, y la única manera de conseguirlo era que su  marido le abriese su corazón y se olvidara de los demonios del pasado.

Una grave amenaza podía destruirlo todo,
incluida su pasión

¡YA EN TU PUNTO DE VENTA!

Acepte 2 de nuestras mejores novelas de amor GRATIS

¡Y reciba un regalo sorpresa!

Oferta especial de tiempo limitado

Rellene el cupón y envíelo a
Harlequin Reader Service®
3010 Walden Ave.
P.O. Box 1867
Buffalo, N.Y. 14240-1867

¡Sí! Por favor, envíenme 2 novelas de amor de Harlequin (1 Bianca® y 1 Deseo®) gratis, más el regalo sorpresa. Luego remítanme 4 novelas nuevas todos los meses, las cuales recibiré mucho antes de que aparezcan en librerías, y factúrenme al bajo precio de $3,24 cada una, más $0,25 por envío e impuesto de ventas, si corresponde*. Este es el precio total, y es un ahorro de casi el 20% sobre el precio de portada. !Una oferta excelente! Entiendo que el hecho de aceptar estos libros y el regalo no me obliga en forma alguna a la compra de libros adicionales. Y también que puedo devolver cualquier envío y cancelar en cualquier momento. Aún si decido no comprar ningún otro libro de Harlequin, los 2 libros gratis y el regalo sorpresa son míos para siempre.

416 LBN DU7N

Nombre y apellido	(Por favor, letra de molde)
Dirección	Apartamento No.
Ciudad	Estado — Zona postal

Esta oferta se limita a un pedido por hogar y no está disponible para los subscriptores actuales de Deseo® y Bianca®.
*Los términos y precios quedan sujetos a cambios sin aviso previo.
Impuestos de ventas aplican en N.Y.

SPN-03 ©2003 Harlequin Enterprises Limited

El bienestar de un reino… a cambio de su felicidad

Traicionada por uno de sus seres más queridos, Honoria Escalona debía enfrentarse ahora al único hombre capaz de llevar la estabilidad al mediterráneo reino de Mecjoria, un hombre frío y duro, que una vez había sido su amigo: Alexei Sarova, el verdadero rey del país.

Pero el tortuoso pasado de Alexei lo había convertido en un extraño. Culpaba de sus desgracias a la familia de Ria y, cuando él le ofreció su ayuda, puso una condición: que solo aceptaría el trono si ella se convertía en su reina y le daba un heredero.

A cambio de su felicidad

Kate Walker

SABOR A TENTACIÓN

CAT SCHIELD

A Harper Fontaine solo le interesaba una cosa en la vida: dirigir
el imperio hotelero de su familia,
y no estaba dispuesta a que
Ashton Croft, el famoso cocinero, estropeara la inauguración
del nuevo restaurante de su hotel de Las Vegas. Conseguir que
el aventurero cocinero cumplie-
ra con sus obligaciones ya era
difícil, pero apagar la llama de la
incontrolable pasión que les
consumía acabó resultando imposible.

Aunque Ashton había recorrido todo el mundo, nunca había conocido a una mujer tan deliciosa como Harper. Y lo
que sucedía en Las Vegas se quedaba en Las Vegas…

¿Estaba incluido el amor en el menú?

¡YA EN TU PUNTO DE VENTA!